口封じ

栄次郎江戸暦 25

小杉健

〈

二見

目次

口封じ――栄次郎江戸暦25

『口封じ――栄次郎江戸暦25』の主な登場人物

矢内栄次郎《やないえいじろう》……一橋治済《ひとつばしはるさだ》の庶子。三味線と共に市井《しせい》に生きんと望む、田宮流居合術の達人。

藤右衛門《とうえもん》……神田旅籠町《かんだはたごちょう》の太物《ふともの》問屋「和泉屋《いずみや》」の主《あるじ》。長唄を習い栄次郎の兄弟子《でし》でもある。

大河内主水《おおこうちもんど》……藤右衛門と深いつきあいのある小普請支配の旗本。

伊佐治《いさじ》……茅町《かやちょう》一丁目で女房のおなかと「新田屋《にったや》」という小間物屋を営む男。

藤吉《とうきち》……藤右衛門の次男。跡取りの兄、藤太郎《とうたろう》に比べ素行が悪く家を出てしまう。

嘉六《かろく》……殺生は行わない盗賊一味、猿霞《さるがすみ》の親分。伊左次にとっては恩人。

崎田孫兵衛《さきたまごべえ》……お秋を腹違いの妹と周囲を偽り囲っている、南町奉行所の筆頭与力。

丑松《うしまつ》……藤右衛門を狙い、栄次郎を襲った殺し屋。匕首《あいくち》で喉をかき切る手口が特徴的。

安蔵《やすぞう》……定町廻りの玉井重四郎から手札を与えられている岡っ引きの親分。

新八《しんぱち》……豪商や旗本を狙う盗人だったが、足を洗い徒目付矢内栄之進《えいのしん》の密偵となる。

鮫蔵《さめぞう》……嘉六から猿霞一味を乗っ取り、残虐な仕事を重ねる。

近本紋三郎《ちかもともんざぶろう》……丑松を中間《ちゅうげん》として雇っていた小普請組の旗本。派手好みで見栄を張る男。

松助《まつすけ》……近松の屋敷の中間。悪知恵の働く男。

房吉《ふさきち》……猿霞一味から足を洗い本所石原町で道具屋をやっている五十年配の男。

昭島大次郎《あきしまだいじろう》……大河内主水の家来。大河内の命《めい》で丑松、鮫蔵《さめぞう》らを操る。

第一章　不審な男

一

　神田旅籠町《かんだはたごちょう》にある太物問屋《ふとものどいや》『和泉屋《いずみや》』の主人夫婦は揃って芸事が好きで、主人の藤右衛門《とうえもん》は長唄を、内儀のお孝《たか》は舞踊を習っていた。

　正月気分も抜けた一月末に、『和泉屋』で近所のひとや出入りの商人や職人などを呼んで、日頃の稽古の成果を披露する会を開くのが恒例《こうれい》になっていた。

『和泉屋』の大広間の正面に舞台を設《しつら》え、五十人ほどの客が舞台に目を向けていた。この会に、矢内栄次郎《やないえいじろう》は長唄の師匠杵屋吉右衛門《きねやきちえもん》とともに地方《じかた》として加わっていた。

　栄次郎は御家人の矢内家の部屋住《へやずみ》であるが、三味線弾《しゃみせんひ》きでもあった。師匠から杵屋吉栄《きちえい》という名をもらっている。

藤右衛門も吉右衛門に師事し、藤右衛門は栄次郎の兄弟子《でし》に当たるのだ。

歌舞伎《かぶき》役者の踊りからはじまった会も、いよいよ最後を迎えた。立方《たちかた》は内儀のお孝、舞踊の演目は『汐汲《しおくみ》』。須磨《すま》に流された在原業平《ありわらのなりひら》と海女《あま》の松風《まつかぜ》・村雨《むらさめ》の姉妹との恋物語を扱ったものだ。

舞台後方の段に、黒の紋付《もんつき》に袴《はかま》姿で地方が七人並んだ。立唄に藤右衛門、立三味線に師匠吉右衛門、栄次郎は脇《わき》三味線である。

栄次郎は三味線を構えて客席に目をやった。みな藤右衛門やお孝の知り合いだから何も心配はいらないのだが、つい注意深く見まわした。

最前列には親戚衆、そして職人や商人などに混《ま》じって三人の武士が目に入った。ひとりは白髪の目立つ侍で、他のふたりは若い。

廊下側に座っていた男に目がいったとき、おやっと思った。怪しいというわけではなく、全身に醸し出す雰囲気が周囲とかけ離れているように思えたのだ。その男のところだけ翳《かげ》が出来ている、そんな暗さだ。だが、それも一瞬で、改めて見れば、三十半ばの商人らしい普通の男に過ぎなかった。

少し、心配し過ぎかもしれないと思った。

三味線の前弾きがはじまり、藤右衛門が唄いだす。四十二歳とは思えぬ若々しい声だ。

松一本変わらぬ色のしるしとて、映《うつ》し絵島《えじま》の浦風《うらかぜ》に

ここで赤地に金糸銀糸の縫《ぬい》模様の振袖で、裾《すそ》を引きながら内儀のお孝が下手《しもて》から出て来た。見事な汐汲娘の姿に客席がざわめいた。

お孝が扮《ふん》するのは松風で、腰蓑《こしみの》をつけ、水干《すいかん》を着ている。頭には金烏帽子《きんえぼし》、黒塗りの竹の天秤棒に汐汲桶《おけ》。

舞台の中央に出て、やがて諸肌脱《もろはだぬ》ぎで、三蓋傘《さんがいがさ》という三段の傘を使って舞いはじめた。お孝の踊りに負けまいと、藤右衛門の甲高い声が遠くまで届く。

踊りはやがて、三蓋傘から扇《おうぎ》に替えて、扇の舞い。そして、藤右衛門の唄声が優雅になっていく。

暇申して帰る波の音……松風の松風の、噂は世々に残るらん

唄が終わったあと、お孝は扇を掲げて決めの姿。客席から盛大な歓声が上がった。

栄次郎は三味線を構えたまま、無意識のうちに改めて客席に目を這わせた。もちろん不審な人物などいないとわかっているにも拘《かかわ》らず、そうしたのにはわけがあった。

かつて栄次郎も地方に加わっていた市村座《いちむらざ》の舞台で歌舞伎役者の瀬山光之丞《せやまみつのじょう》が『汐汲』を踊り終えたとき、突然くずおれたのだ。

何があったのかすぐにはわからなかったが、客席から吹矢《ふきや》を使った男がいたのだ。きょうの会の客は知り合いばかりだから、そのような心配はなかったが、同じ『汐汲』だったので、そのときのことと重なったのだ。

というのも、藤右衛門が最近、何者かに見張られているような気がしていると訴えていたからだ。気のせいかもしれないとも言っていたが、栄次郎は密かに警戒をしたのだ。主人の藤右衛門が四十二の厄年《やくどし》だということも頭にあったせいかもしれない。

今年は厄払いの意味もあって派手にやると言っていたように、華やかな会であった。舞台を下り、栄次郎は師匠といっしょに楽屋としている別間《ま》に引き上げた。

「吉栄さん。よございました」

師匠が褒めてくれた。

「ありがとうございます」

「もう、肘《ひじ》のほうはだいじょうぶのようですね」

筋《すじ》を痛め、三味線が弾けなくなった時期があった。それがようやく治り、稽古が出来ない分だけ衰えた三味線の腕もやっと元に戻ってきたのだ。

「はい。もうまったく問題はありません」

栄次郎は答えた。

そこに、藤右衛門が入って来た。長身で、面長《おもなが》の品のいい顔だちだ。

「師匠、吉栄さん。きょうはまことにありがとうございました」

「なかなか結構な会でした」

師匠が笑みを湛《たた》えて言う。

「内儀さんの踊りも見事でした」

栄次郎も讃《たた》えた。

「これから宴席を設《もう》けます。師匠も吉栄さんもぜひ」

「わかりました」

師匠が答えたあと、栄次郎はきいた。

「武士が三人いらっしゃいましたが、どちらのお方なのですか」

「旗本の大河内主水《おおこうちもんど》さまのご家来です。用人どのとお供《とも》の方です」

「大河内主水さま……」

「ええ。主水さまは来られないので、代わりに用人さまがお見えに」

藤右衛門は笑みを浮かべ、

「宴席の支度が整い次第、お呼びいたします。しばし、お待ちください」

と言い、あわただしく部屋を出て行った。

若い弟子が師匠の着替えを手伝っている。栄次郎も紋付・袴から着流しになり、

「それにしても、これだけの会を催すのですから藤右衛門さんはたいしたものですね」

と、師匠に話しかける。

「歌舞伎役者の後援もしているそうです」

師匠も感心したように言う。

それから、しばらくして、女中が呼びに来た。


さっきの大広間に宴席が出来ていた。

コの字形に膳が並び、栄次郎は師匠と並んで席についた。目の前には鯛《たい》や海老《えび》などの豪勢な料理が並んだ。舞台の上には薦被《こもかぶ》りが置かれていた。

ふと気づくと、栄次郎のひとり置いた隣りにさっき気になった男が座っていた。舞

台から見た瞬間、何か違う雰囲気を感じたが、間近に見ると、普通の渋い顔立ちの男だった。

すぐ隣りに妻女らしい女がいた。

その妻女が栄次郎に声をかけた。

「素晴らしい音締《ねじ》めでした」

「はあ。どうも」

栄次郎は応じたあと、音締めと言ったので、

「ひょっとして三味線をおやりに？」

と、きいた。

「独り身のとき、ちょっと音曲の師匠のところに習いに行きました。でも、続きませんでした」

「そうですか」

亭主らしい男は口をはさもうとせずに黙ってきいていた。

それから、藤右衛門夫妻が壇上に上がり、一同に挨拶をし、鏡割《かがみわ》りに師匠の吉右衛門らが壇上に上がった。

酒樽の蓋《ふた》が開いて、皆に酒が振る舞われた。

その後、藤右衛門がひとりひとりに酒を注ぎながら挨拶をしてまわった。

そのうち、藤右衛門は師匠の前にやって来た。

「どうぞ」

藤右衛門は師匠の盃《さかずき》に酒を注ぎ、

「師匠に褒めてもらえるような芸が出来たか自信はありませんが、やりきった感はあります」

と、口にした。

「いや、とてもよございました。心地よく糸を弾《はじ》くことが出来ました」

「恐れ入ります。吉栄さんもありがとうございました」

藤右衛門は栄次郎に声をかけた。

「とても華やかな舞台で糸を弾かせていただき、こちらこそお礼を申し上げます」

「とんでもない」

しばらく語り合ったあと、藤右衛門は隣りに移動した。

「おなかさん、きょうはわざわざすまなかったね。さあ」

「とんでもない。私たちまで招いていただいてありがたく思っています」

盃を持ちながら、妻女が言う。

「伊佐治《いさじ》さん、さあ」

「すみません」

亭主も盃をとった。

「いつも目をかけていただき、感謝しております」

「なに、おまえさん方の頑張りだ。何かあったら、いつでも相談に来るのだ」

「ありがとうございます」

亭主の伊佐治は頭を下げた。

伊佐治とおなか夫婦はかなり藤右衛門の世話になっているようだ。

藤右衛門はさらに隣りへと移って行く。

栄次郎と師匠との話が途切れたとき、

「おまえさん、どうかしたの？」

という声が耳に入り、栄次郎は隣りのおなかという女に目をやった。おなかは亭主の伊佐治を見ている。

「あの男」

亭主の声が聞こえた。

栄次郎は亭主の視線の先を追った。斜向《はす》かいに座っている職人ふうの男がいた。顔を俯《うつむ》き加減に座っている。丸に半の字が書かれた半纏《はんてん》を着た男だ。三十前後か。額《ひたい》が広く、顎《あご》が尖《とが》った男だ。

藤右衛門がその男の前に座った。栄次郎は気になって見ていた。男が何か言っている。背中を向けていて、藤右衛門の表情はわからない。

藤右衛門が立ち上がった。隣りに移動するかと思ったが、廊下のほうに向かった。しばらくして、職人ふうの男が腰を上げた。

「師匠。ちょっと厠《かわや》へ」

そう断り、栄次郎は立ち上がって廊下に出た。

職人ふうの男は厠のほうに向かった。ほんとうに厠だったのかと思ったとき、辺りを見まわし、庭に飛び降りた。

栄次郎も近くにあった庭下駄《にわげた》をつっかけ庭に出て、男のあとを追う。池とは反対の土蔵のほうに向かった。

土蔵の手前に柳《やなぎ》の木があり、そこに藤右衛門が立っていた。職人ふうの男が懐《ふところ》に手を入れて藤右衛門の背後に迫った。

栄次郎は足元の小石を拾った。職人ふうの男が匕首《あいくち》をかざして襲いかかった。栄次郎は男の後頭部を目掛けて小石を投げた。

うっと呻《うめ》いて、男は動きを止めてよろけた。素早く駆けつけ、栄次郎は男から匕首をもぎとり、男を押さえつけた。

気づいた藤右衛門が振り向いた。

「吉栄さん」

「この男は何者なんですか」

栄次郎は男の手を背中にまわしてねじ上げた。

「痛てえ」

男は悲鳴を上げた。

「『植半《うえはん》』という植木屋の庭師です」

藤右衛門が青ざめた顔で言う。

「どうして旦那を襲ったのだ？」

栄次郎は問いつめた。

男は黙っている。

「誰かに頼まれたのか」

「…………」

手をとられ、苦痛に顔を歪めたが、男は口を開こうとしなかった。

「自身番に突き出しましょう」

栄次郎が言うと、藤右衛門は首を横に振った。

「吉栄さん。せっかくの席がだいなしになってしまいます。このまま、男を放り出しましょう」

「でも、この男は藤右衛門さんを殺そうとしたんです」

「わかっています。でも、もう二度とこんな真似はしないでしょう」

そう言い、藤右衛門は男の顔を覗き込み、

「わかったね。もう、こんな真似《まね》はしないと約束出来るね?」

「わかった」

男は口を利《き》いた。

「吉栄さん。放してあげてください」

「いいんですか」

「ええ。構いません。その代わり、裏口から追い払いましょう」

「待ってくれ。履物がねえ」

男は訴えるように言う。

「待っていなさい。今、持って来させる」

藤右衛門はそう言い、母屋に戻った。

「そなた、名前は？」

男を放して、栄次郎はきいた。

「…………」

「だんまりか」

栄次郎は吐き捨てる。

「さっき、旦那に何と声をかけたのだ？」

「藤吉《とうきち》が庭に来ているとだ」

「藤吉？　ひょっとして、息子？」

「あとは藤右衛門にきけ。俺は詳しいことは知らねえ」

「そなたは藤吉を知っているのか」

「…………」

「また、だんまりか」

栄次郎は顔をしかめた。

さっきから植込みの木陰から様子を窺《うかが》っている男がいたことに気づいていたが、その気配が急に消えた。

代わって、下男《げなん》が履物を手にやって来た。

「そなたの物か」

「そうだ」

男は下男から履物をひったくるようにとると、そのまま裏門のほうに逃げて行った。

栄次郎が大広間に戻ると、藤右衛門は何事もなかったかのように残りの席をまわっていた。

伊佐治も座っていたが、さりげなく伊佐治の足の裏を見た。微《かす》かに土がついていた。

「藤右衛門さんに息子さんは何人いらっしゃるのですか」

栄次郎は腰を下ろしてから師匠にきいた。

「ふたりです。藤太郎《とうたろう》さんと弟さんがいます」

「藤吉さんですね」

「知っていたのですか」

「ちょっと耳にしました。この家にいないのですか」

「家出をしているようです。詳しくは聞いていないのですが」

「そうですか」

藤右衛門は襲って来た男が藤吉の知り合いだから自身番に突き出すのをやめたのだ

ろうか。

さっきの『植半』の半纏を着た男の席は空いたままになっていた。それにしても、伊佐治という男は何かを察したのだろうか。

酒宴は暗くなるまで続いた。

二

暮《くれ》六つ（午後六時）を過ぎて、酒宴は散会になった。

伊佐治はおなかとともに、藤右衛門とお孝に挨拶をして『和泉屋』をあとにした。人気《ひとけ》の途絶えた神田川《かんだがわ》沿いの通りを浅草橋《あさくさばし》に近い茅町《かやちょう》一丁目に向かう。夜空には星が瞬《またた》いていた。春の夜風が火照《ほて》った顔に気持ちがよかった。

「伊太郎《いたろう》、ちゃんと留守番出来ているかしら」

おなかが子どものことを心配してきいた。

「もう四歳だ。それにおなみがいる」

「おなみだってまだ七歳ですよ」

「おなみはしっかりした子だ」

「そうね。おときさんもいるし」

おときは通いの婆さんだ。

「おまえさん、あの職人さん、どうして途中からいなくなったんでしょう」

ふいに思い出したように、おなかがきいた。

「さあ。『和泉屋』の旦那に声をかけていたから、急用が出来て先に引き上げたのだろう」

伊佐治はそう答えたが、実際には別のことを考えている。あの男の態度はおかしかった。斜め前に座っていた男だ。三十前後で、目が鈍く光っていた。妙に落ち着きがなく、何度も深呼吸をして逸《はや》る気持ちを鎮《しず》めようとしているように思えた。

何か企《たくら》んでいる。そう思った。そして、藤右衛門が酒を注ぎにやって来たとき、男は藤右衛門に何か囁《ささや》いた。すると藤右衛門はすぐに立ち上がり部屋を出て行った。そのあと、男が立ち上がった。

胸騒ぎがした。旦那に危害を加えるのではないか。そんな予感がして、あとを追おうとした。

しかし、おなかの隣りに座っていた吉栄という三味線弾きが男のあとを追ったのだ。

伊佐治は立ち遅れて、あとについた。

そこで見たのはあの男が藤右衛門を襲うところだった。だが、吉栄が小石を投げて男に命中させた。そして、すぐ男を取り押さえたのだ。

藤右衛門は先に部屋に戻り、あとから伊佐治も席に戻った。おなかは伊佐治が厠に行ったと信じていた。

藤右衛門は何事もなかったかのように、ひとりひとりへの挨拶を続けていた。あの男はなぜ、藤右衛門を殺そうとしたのか。

それより、あの吉栄という男はただの町人ではないと思った。細面《ほそおもて》のりりしい顔立ちで、涼しげな目もと、すっとした鼻筋に引き締まった口許。

匂い立つような男の色気がある。

だが、身のこなしに隙がなかった。武芸の心得があるに違いない。ひょっとして武士かもしれないと思った。

「それにしても内儀さん、きれいだったわ」

おなかの声に、伊佐治は我に返った。

「俺は藤右衛門の旦那の気前のよさに驚いた。きょうだってどれだけの散財だったか。まあ、旦那にとっちゃ痛くも痒くもない金額だろうが」

左衛門河岸《さえもんがし》を過ぎて、やがて茅町一丁目にやって来た。

ふたりは『新田屋《にったや》』と書かれた看板が出ている商家に帰って来た。小間物屋である。

潜《くぐ》り戸を叩くと、手代の勘助《かんすけ》が戸を開けた。

「お帰りなさいまし」

「何事もなかったか」

伊佐治は土間に入ってきいた。

「はい。だいじょうぶでした」

ふたりで店を空けることはほとんどないが、きょうは特別だった。

部屋に行くと、伊太郎が伊佐治にしがみついて来た。

「いい子にしていたか」

伊佐治は伊太郎を抱き上げる。

「重たくなったな」

くすぐったいのか、伊太郎はきゃっきゃ言って笑った。

「お帰りなさい」

おなみが近寄って来た。

「おなみ、土産《みやげ》がある」

『和泉屋』から帰りに持たされた饅頭《まんじゅう》だった。

「わあ、ありがとう」

おなみも無邪気に喜んだ。

「食べていい？」

「明日にしたら」

おなかが言う。

「今、食べたい」

「よし、みんなで食べよう」

伊佐治が言うと、おなみは弾けるような笑顔を作った。


饅頭を食べて満足したのか、子どもたちはようやく眠りについた。

伊佐治は濡縁《ぬれえん》に出て、小さな庭を眺めた。

伊佐治はこの仕合わせを絶対守っていくのだと、改めて自分に言い聞かせた。今の暮しがあるのは猿霞《さるがすみ》の親分の嘉六《かろく》と『和泉屋』の藤右衛門のおかげだ。伊佐治にとって、このふたりは恩人である。

「どうしたの？」

おなかがやって来た。

「いい風だ」

伊佐治は言う。

「冷たくない？」

「いや、ちょうどいい。体が火照っているせいか」

「まあ、熱があるんじゃ？」

おなかが心配そうにきいた。

「そうじゃない。俺にこのような暮しが出来る日がくるとは思っていなかったので、その仕合わせをしみじみ味わっていたのだ」

伊佐治はおなかの顔を見て、

「おめえに出会えてほんとうによかったと思っている。おめえには感謝しているぜ」

「何を言うんだい、それは私の台詞《せりふ》ですよ。前の亭主に死に別れ、まだ幼いおなみを抱えて途方に暮れているとき、おまえさんが私の前に現れてくれたんです。こんな子持ちの女を……」

おなかはふと涙ぐんだ。

伊佐治がおなかと出会ったのは五年前だった。

小間物の荷を背負い、伊佐治が神田佐久間町《かんださくまちょう》に差しかかったとき、幼い子を抱き寄せた女が数人の男に背中を押されて長屋木戸から出て来た。

「必ず、お返しします。でも、もうしばらく待ってください」

女は足を踏ん張って哀願した。

「ならねえ」

いかつい顔の男が怒鳴って、

「もうこれ以上は待てねえ。子どもをどこかに預け、おめえにはきょうからでも働いてもらわなきゃならねえんだ」

「子どもと引き離されては、私は生きていけません」

「けっ。いいかげんにしろ、てめえの亭主は金が返せなくなったら女房に払わせるとちゃんと証文に書いてあるんだ」

「…………」

「さあ、子どもを離しな」

男たちは女から子どもを引き離そうとした。

見るに見かねて、

「ちょっとお待ちくださいな」

と、伊佐治は男たちに声をかけた。

「なんでえ、おめえは?」

いかつい顔の男が振り向いた。

「通りすがりの者です。話が耳に入りました。子どもを引き離すなんて、ちょっと酷《ひど》すぎませんかえ」

「なんだと? 貸した金が返せなければ、女房を女郎屋《じょろうや》に売ってでも返すと亭主が証文に書いたんだ。よけいな口出しをするんじゃねえ」

「借金はいくらですかえ」

「利子をつけて二十両だ」

「二十両……」

「嘘です。借りた金は五両です」

女が訴える。

「だから、利子がついているんだ」

「利子をつけたからといって、五両が二十両だなんて」

伊佐治は怒りが込み上げたが、騒ぎを起こしてはまずいので、

「わかった。二十両払おう」

と、切り出した。

「なに、おまえさんが？」

男たちは笑った。

「おまえさんに二十両が出来るのか」

「貯めた金がある。明日まで待ってくれ。耳を揃えて払う」

「おいおい、冗談はよせよ。そんな話、本気に出来るわけねえ。小間物の行商をしている男がそんな金持っているはずねえ」

「信じてくれ。じゃあ、これから鉄砲洲《てっぽうず》のほうの長屋まで取りに行って来る。なんならついて来てもいい」

「俺たちは、おめえが二十両を持っていることが信じられねえんだ。悪いが、引っ込んでもらおうか」

そう言い、いかつい顔の男は女に向かった。

「どうしても待てねえのか」

伊佐治は拳《こぶし》を握りしめた。怒りが爆発しそうになったとき、近付いて来た男がいた。面長《おもなが》の背の高い男だ。

「待ちなさい」

男が声をかけた。

「なんですね」

いかつい顔の男が背の高い男に言う。

「おまえさんじゃない。こっちのひとだ」

男は伊佐治に向かい、

「おまえさん、家に二十両あるのか」

と、きいた。

「あります」

「そうですか。じゃあ、今、おまえさんに二十両お貸ししましょう」

「えっ」

伊佐治は半信半疑で、

「ほんとうにお貸しくださるんで」

と、きいた。

「もちろんです」

男は懐から分厚い財布を出した。

伊佐治は目を瞠《みは》った。男の手にあった二十両が伊佐治の手に渡った。

「じゃあ、お借りします」

伊佐治はいかつい顔の男に二十両を突き出した。

「さあ、二十両だ。証文を」

「いいだろう」

相手は金を受け取り、証文を寄越した。

伊佐治はその証文を女に見せ、間違いないことを確かめた。

「念のためだ。私にも見せなさい」

背の高い男が口をはさんだ。

「へい」

伊佐治は証文を見せた。

「うむ。間違いない」

そう言ってから、

「まさか、同じ証文がもう一枚あるってことはないだろうね」

と、男は取り立ての連中に向かってきいた。

「そんなことありませんぜ」

「よし、じゃあ、いいでしょう」

男は伊佐治に言った。

「へい。破りますぜ」

伊佐治は証文を裂いた。

取り立ての連中が引き上げたあと、
と、女は子どもを抱えながら頭を下げた。

「ありがとうございました」

「いや」

伊佐治は背の高い男に向かい、

「旦那のお名前をお聞かせねがえませんか。あっしは伊佐治と申します」

と、頭を下げた。

「私は『和泉屋』の藤右衛門だ」

そう言い、去ろうとした。

「旦那さま、ありがとうございました」

女が藤右衛門に礼を言う。

「私はこのひとにお金を貸しただけだ。礼はこのひとに言いなさい」

藤右衛門はそう言い、去って行った。

女は藤右衛門を見送ってから伊佐治の前にやって来て、

「ありがとうございます。私はなかと申します。お金は必ずお返しいたします」

「いや、いいんですよ。それより、子どもを早く家に」

「はい。どうぞ、お寄りください」

「いや。いい」

伊佐治は遠慮した。病気の亭主が臥《ふ》せっているのだろうと、勝手に想像したのだ。

「じゃあ、あっしは」

「待ってください」

おなかが声をかけたのに笑って応えて、伊佐治はそのまま去って行った。

翌朝、伊佐治は神田旅籠町にある『和泉屋』を訪ねた。

出て来た藤右衛門に、

「昨日、お借りしたものをお返しに参りました」

そう言い、二十両を差し出した。

藤右衛門は目を細め、

「まさか、返しに来るとは思わなかったよ」

と、言った。

「へえ。どうぞ、お納めを」

「いや、いい」

「えっ？」

「おまえさんの正直に免じて、返してもらわずともいい」

「そうはいきません」

「返してもらおうと思って出したんじゃないんですよ。いえ、はじめから返ってこないと思ってました」

「昨日の女のひとはあっしが助けたと思い込んでいます。そのためにはどうぞ、お受け取りを」

「伊佐治さん。私は困った者を助けようという心意気に感じ入ってあくまでもおまえさんにお金を出したんです。昨日の女のひとを助けたのはおまえさんだ」

「旦那」

「せっかく貯めた金を出してしまったら、おまえさんだって困るだろう。いいからとっておきなさい」

「だってこんな大金を……」

「それはおまえさんだって同じだ」

「さあ、いいから仕舞いなさい」

「そんな」

「それより、昨日の女のひとは恐らく日々の暮しにも困っているはず。そのお金で、助けてあげたらいかがですか」

「わかりました。旦那、このとおりです」

伊佐治は深々と頭を下げた。

伊佐治はその足で、おなかの長屋に向かった。

路地の一番奥にある腰高障子を開けると、おなかは仕立ての仕事をしていて、そばに女の子が寄り添っていた。

「伊佐治さん」

おなかは手を止め、上がり框《かまち》までやって来た。改めて見ると、まだ若く、目鼻だちの整った顔ははっとするほど美しかった。

「昨日はありがとうございました」

「いや、じつは今、『和泉屋』の旦那にお金を返しに行ったら受け取らなかった」

伊佐治は藤右衛門とのやりとりを話し、

「そういうわけで、この金を暮しの足しにしてくれ」

と、二十両をそのまま置いた。

「こんなに」

おなかは目を瞠り、

「いけません。こんな大金受け取るわけにはいきません」

と言い、押し返した。

「こんなことを言ってはなんだが、借金をするぐらいだからご亭主の働きもそんなによくないんだろう。遠慮せずにとっておくんだ。この子にいい着物でも着せてやってくれ」

「伊佐治さん」

「ご亭主は今、出かけているのかえ」

「いえ」

「どこに?」

「あそこです」

おなかは壁のほうを指さした。

そこに、文机《ふづくえ》があり、その上に位牌が置いてあった。

　あっと、伊佐治は声を呑んだ。

「あのとき、亭主の位牌を見たとき、俺は運命のようなものを感じた。この母娘《おやこ》は俺が守ってやらねばならないんだと」

　伊佐治は当時を思い出した。

「私もそうよ」

「でも、ふたりを結びつけてくれたのは藤右衛門の旦那だ。ふたりをいっしょにさせてくれて店まで持たせてくれた藤右衛門の旦那の恩は決して忘れちゃいけねえ」

　伊佐治は腹の奥から吐き出すように言った。

「ええ」

　おなかも大きく頷いた。

「ところで、旦那には藤太郎さんという跡取りがいるのは知っていたが、藤吉という弟がいるのを知っているか」

「ええ、会ったことはないけど」

「今、どうしているんだ？」

「さあ、聞いていないわ。でも、なぜ？」

「いや、『和泉屋』さんで厠に行く途中、そんな話が耳に飛び込んできたのだ」

伊佐治はごまかした。

きのうの話では、藤吉は家出をしているらしい。藤右衛門を襲った男は藤吉に頼まれたわけではあるまいが、藤吉の知り合いのようだ。きのうのような華やかな会を催して楽しく生きているようだが、やはり藤右衛門にも深い悩みがあるのだと痛ましく思った。

三

翌日の早暁《そうぎょう》、栄次郎はいつものように庭に出て素振りをした。三味線弾きの道を歩んではいるが、田宮流抜刀術《たみやりゅうばっとうじゅつ》の達人である栄次郎は毎日の鍛錬を欠かさなかった。風に揺れる柳の小枝が稽古の相手で、居合腰《いあいごし》から抜刀し、小枝の寸前で切っ先を止め、鞘《さや》に納める。それを何度も繰り返すのだった。

つい最近まで、朝は庭や屋根は薄く白く霜で覆われていたが、今は厳しい冷気はなく、やがて柳も芽吹いてくる。

朝餉《あさげ》を摂《と》り終えたあと、兄の栄之進《えいのしん》に呼ばれた。部屋に行き、畏《かし》こまった顔付きの兄と向かい合った。

兄の表情に、栄次郎はいつもと違うものを感じた。何か特別なことを言いだすときの様子だった。

兄は書院番の大城清十郎《おおしろせいじゅうろう》の娘美津《みつ》と縁組をすることになった。義姉が流行り病《はややまい》で亡くなってから一切再婚を拒んできた兄が美津への思いをはじめて口にしたときも、このような表情だった。

「兄上、なんでしょうか」

まさか、ここにきて兄の縁組について何らかの支障が生まれたわけではあるまい。三千石の旗本に対して矢内家は二百石の御家人である。

この格差が改めて問題になったのか。

大城清十郎がはるか格下の矢内家に娘を嫁に出す気になったのは、栄次郎が大御所《おおごしょ》治済《はるさだ》の子であることも影響しているかもしれない。そんな憶測も生まれた。

治済がまだ一橋《ひとつばし》家当主だった頃に、旅芸人の女に産ませた子が栄次郎だった。そのとき、治済の近習番《きんじゅうばん》を務めていたのが矢内の父で、栄次郎は矢内家に引き取られ、矢内栄次郎として育てられた。

大城清十郎にはそのような打算がまったくないことがわかったが、周囲がそんな目で見はじめて、そのことで思いもよらぬ問題が起きたのでは……。

腕組みをしているだけの兄に、栄次郎はさらにきいた。

「お美津さまのことですか」

栄次郎は口にした。

「うむ」

兄は頷《うなず》き、腕組みを解いた。

「じつはお美津どのが……」

まだ、兄は言いよどんでいる。

「よほど、言いづらいことのようですね」

「いや、そういうわけではないが、そなたにとっていい話かどうか」

兄はため息をついた。

「なんでしょうか。お聞きしなければ何とも言いようもありません」

「それはそうだ」

兄は頷き、

「お美津どのは二千石の旗本織部平八郎《おりべへいはちろう》さまの息女お容《よう》どのと親しいそうだ。お美津どのはお容どのを妹のように可愛がっている」

栄次郎は首を傾げた。栄次郎が想像したことではないようだ。だが、兄が何を言いだすのか、新たな不安を覚えた。

「そのお容どのからお美津どのはきかれたそうだ。矢内栄次郎さまとはどのようなお方かと」

「まさか」

「織部家は女系だそうだ。不思議と男子が生まれない。そこで、お容どのにも壻《むこ》をとることになる」

「ちょっとお待ちください」

栄次郎はあわてて言う。

「私を壻にという話でしょうか」

「そうだ」

兄は厳しい顔で頷く。

栄次郎は首を横に振り、

「どうして私が？」

と、困惑してきく。

「わからぬ。もしかしたら、お美津どのとわしの縁組を知った織部さまが栄次郎のことを調べたのかもしれない」

「そんな」

「まだ、正式な申し入れがあったわけではないが」

「兄上、それとなくお美津さまに話してお容さまに……」

「栄次郎」

兄は難しい顔をした。

「織部さまは岩井文兵衛《いわいぶんべえ》さまと親しいらしい。文兵衛さまも乗り気だと」

「なんですって」

岩井文兵衛は一橋家の用人をしていた男で、治済の近習番を務めていた矢内の父とは懇意だった。

今は隠居の身だが、何かと矢内家に気を配ってくれており、栄次郎も御前《ごぜん》と呼んで親しくしている。

「そんなはずはありません。御前は私の気持ちをよくご存じのはず」

「それでもこの話に乗り気なのは、御前も栄次郎にとっていいことと思ったのかもしれない。だが、お美津どのから聞いただけで、ほんとうのところはわからない、そういう話が持ち上がっていることは心得ていたほうがいい」

「…………」

「まだ、母上からは何も言ってこないのだな」

「ええ。母上からは何も」

「なら、それほど心配することはないだろう。そういう話があれば、なにはさておき母上にお話をするだろうから」

「そうですね」

「栄次郎。わしの祝言《しゅうげん》が済んだら、今度はそなたの番だ。覚悟をするのだな」

「困りました」

栄次郎は武士を捨てて、三味線弾きとして生きて行きたいのだ。どこぞに養子に入るということは自分の夢を諦めるということだ。

兄の部屋を出てから、栄次郎は着流しに刀を差して屋敷を出た。

本郷《ほんごう》から湯島《ゆしま》の切通しを抜けて、御徒町《おかちまち》を突っ切り、三味線堀の脇を通って元鳥越《もととりごえ》町《ちょう》の師匠の家に着いた。

きょうは稽古日ではないので、誰も来ていなかった。

栄次郎は師匠の前に行き、

「昨日はありがとうございました」

と、礼を述べた。

「吉栄さんもご苦労さまでした。藤右衛門さんも喜んでおりました」

「藤右衛門さんがお見えになったのですか」

栄次郎は驚いてきいた。

「ええ。早くにいらっしゃいました。そうそう、吉栄さんに来てもらうように伝えてくれと頼まれました」

「藤右衛門さんがですか」

「ええ」

「藤右衛門さんは昨日の酒宴の席でのことを何か仰《おつしや》っていませんでしたか」

栄次郎はきいた。

「いえ、何も」

「そうですか」

「何かあったのですか」

師匠は不審そうにきいたが、すぐに打ち消した。

「やめておきましょう。本人が言わなかったものをわざわざきくまでもありません。

話してもいいことであれば、吉栄さんも素直に口にしているでしょうからね」

「すみません」

「いえ、気にすることはありません」

「はい」

「ただ、藤右衛門さんはときおり暗い顔つきになった。少し気になります。吉栄さんに相談に乗ってもらいたいことがあるのでしょう」

「わかりました。これから行ってみます」

栄次郎は師匠の家を出て、神田旅籠町に向かった。

四半刻（三十分）あまり後に、栄次郎は『和泉屋』の客間で藤右衛門と向かい合った。

「藤右衛門さん。ひとりで出歩いてはいけません。何者かが、命を狙っているのです」

栄次郎は真っ先に言った。

「ええ。でも、どうしても師匠にはお礼をしに行かないと」

「それはそうですが」

師匠は昨日の騒ぎを知らないのだから、藤右衛門が顔を出さないことに不審を持つかもしれない。

「それより、お疲れではありませんか」

芸を披露し、招いた客の応対と忙しく立ち働き、その上、命を狙われたのだ。

「いささか疲れました」

藤右衛門は正直に答えた。

「あれほどの会をお開きになったのですから無理もありません」

栄次郎は頷く。

「吉栄さん。昨日は危ういところをありがとうございました」

藤右衛門は改めて礼を言い、

「ほんとうは昨日の賊からいろいろ話を聞きたかったのですが、お客さまに騒ぎを知られたくなく、逃がしてしまいました」

「あの賊は『植半』の半纏を着ていましたね」

「ええ。庭師の半蔵《はんぞう》さんの代理ということでやって来たようです」

「半蔵さんはどうしたのでしょうか」

「わかりません」

藤右衛門は首を横に振った。

「藤右衛門さんはどうして庭に行ったのですか」

「土蔵の前に藤吉が待っていると、あの男が言ったのです」

賊の言ったとおりだ。

「藤吉さんは藤太郎さんの弟さんですか」

「そうです。お恥ずかしい話ですが、一年前に家を出て行きました」

藤右衛門は苦しそうな顔をして、

「今十八ですが、二年くらい前から女と博打《ばくち》にのめり込んでしまって。何度も注意をしたのですが、そのたびに反発をして……。一年前に、素行を改めないなら勘当《かんどう》だと言ったら、勘当で結構だと言い、飛び出して行きました」

「それきりですか」

「そうです。それが、帰って来たとあの男が言ったので」

「あの賊は藤吉さんの居場所を知っているのでしょうか」

「知っていると思います」

「それにしても、なぜ、藤右衛門さんを殺そうとしたのでしょうか」

「わかりません」

藤右衛門は胸を掻きむしるように手をやった。藤吉が殺しの依頼をしたと考えているのだろうか。

「前に、何者かに見張られているような気がしていると仰っていましたね。今から考えると、藤右衛門さんを付け狙っていたのかもしれませんね」

たまたま襲う機会がなかった。だから、昨日の会を利用して……。

「吉栄さん。いえ、栄次郎さん。お願いがあるのですが」

藤右衛門が改まった。名取《なとり》の名ではなく、栄次郎と呼んだのは芸事の頼みではないからだろう。

「なんなりと」

「昨日の賊を探してくれませんか。なぜ、私の命を狙ったのか聞き出したいのです。それと。藤吉の居場所も」

「わかりました。やってみましょう」

「お願いします」

「ところで、宴席で私の隣りにいた伊佐治さんとおなかさん夫婦とはどのようなご関係なのですか」

「あのふたりは妙なことから知り合いましてね」

「妙なことですか」

「五年前、私が駕籠《かご》で神田佐久間町に通りかかったとき、若い女が貸し金の取り立て屋に連れて行かれようとしたのを助けに入った小間物屋の男がいました」

藤右衛門はそう語り出した。

「……その二十両を小間物屋が肩代わりをすることになったのですが、取り立て屋は小間物屋の申し入れを信用しなかったのか、今すぐ二十両を耳を揃えて返さなければ、女を女郎屋に連れて行くと。そこで、私が出て行って、小間物屋に二十両を貸してやりました」

「小間物屋にですか」

「ええ。あくまでも女を助けようとしたのは小間物屋の男ですからね」

「そこまで気を使われたのですか」

栄次郎は藤右衛門の気遣いに感心した。

「いいえ、もう女の前でいい格好をし、英雄になる年でもありませんから」

そう言い、その場で取り立ての件は解決したと続けた。そして、さらに、

「その翌日、小間物屋の男が二十両返しに来たのです。じつは私も男が金を持っているかどうかは半信半疑でおりました。だから、意外に思ったのと同時に、信義に厚い

男だと感じ入りました。その小間物屋の男が伊佐治で、女がおなかです」

「そういう縁があったのですか」

「ええ、それがきっかけでふたりは所帯を持つようになりました。じつは、おなかには一歳になる子どもがいたんです。ところが亭主が亡くなって借金がおなかにかぶって来たというわけです」

「で、伊佐治さんは小間物屋を?」

「ええ。茅町一丁目に小さいながらも『新田屋』という小間物のお店を構えております」

「ひょっとして、そのお店も藤右衛門さんが援助をして……」

栄次郎が言うと、藤右衛門は曖昧《あいまい》に笑った。

「それより、栄次郎さん。伊佐治さん夫婦に何か」

「いえ。たまたま隣りになったので」

そう言ったが、ほんとうは伊佐治の醸し出す暗い部分と、酒席で賊の異様な態度に気づいた鋭い眼力に驚いたのだ。

「では、これから、さっそく調べてみます」

栄次郎は言い、

「『植半』という植木屋はどこにあるのですか」

と、きいた。

「入谷《いりや》です」

「わかりました。まず、そこから調べてみます」

そう言ったあとで、栄次郎は藤右衛門を気遣い、

「これからひとりで外出してはなりません。ましてや、当面の間、夜の外出は控えてください」

と、忠告した。

「そうします」

藤右衛門は素直に応えた。

栄次郎は挨拶をして立ち上がった。

御成道《おなりみち》を通って下谷広小路《したやひろこうじ》、上野山下《うえのやました》を経て、下谷坂本町《さかもとちよう》四丁目から入谷のほうに曲がった。その頃から、急に雲が張り出してきた。

寺が並ぶ一帯を抜けて入谷にやって来た。背後に入谷田圃《たんぼ》が広がっている。

『植半』はすぐわかった。柴垣に囲まれた庭に植木が並んでいて、夏には朝顔の栽培

もしているようだ。

木戸を入ると、庭で剪定《せんてい》をしている半纏姿の職人がいた。

「すみません」

栄次郎は声をかけた。

職人が手を休め、四十絡《がら》みの色の浅黒い顔を向けた。

「こちらに半蔵さんという庭師はいらっしゃいますか」

「半蔵はあっしです」

職人が名乗った。

「私は『和泉屋』の藤右衛門さんの知り合いで、矢内栄次郎と申します。つかぬことをお伺しますが、昨日、『和泉屋』さんで藤右衛門さんが行なわれた会に招かれておいでてしたね」

「ああ、それですか」

「顔をお出しになりませんでしたね」

「それは断られたからですよ」

「断られた？」

「ええ。昨日の朝になって、招く客が予想より増えてしまったから、今回は遠慮してくれと『和泉屋』の使いのひとが言いに来たんですよ。なんだか、ずいぶん安く見られたものだと気分はよくありませんでしたぜ」

　半蔵は顔をしかめた。

「昨日、半蔵さんの代理という『植半』の半纏を着た男が来ていました」

「なんですって、あっしの代理？」

「そうです。三十前後で、額が広く、顎が尖った男です」

「それは、『和泉屋』の使いの男だ」

　半蔵は憤然と言う。

「『和泉屋』さんはそんな使いを出していませんよ」

「…………」

「藤右衛門さんがそんな失礼な真似をするはずありません」

「俺も何か変だと思っていたんだ」

　半蔵は悔しそうにため息をついた。

「その男は丸に半の字の半纏を着ていました」

「半纏が一枚なくなっていた」

　半蔵ははっとして、

「そいつの狙いは何だったんですね」

藤右衛門を殺すことだと言ったら驚くだろう。だが、栄次郎はほんとうのことは言わずに、

「藤右衛門さんが気づいて問い質《ただ》したら、いきなり逃げて行きました」

と、伝えた。

「おそらく、ただ食い、ただ呑みをしたかったようです」

「なんて奴だ」

不愉快そうに、半蔵は吐き捨てた。

「その男に心当たりはないのですね」

「ありませんぜ」

半蔵は怒りが収まらないように口を歪め、

「自分自身にも腹が立つ。なんで、素直に信じちまったのか。藤右衛門の旦那はそんなおひとじゃねえってわかっていたのに」

「その男は半蔵さんが『和泉屋』に出入りをしていることを知っていたわけですね。なぜ、知っていたのだと思いますか」

「『和泉屋』の庭で植木をいじっているのを見ていたんでしょう。半纏を見れば、す

ぐ『植半』だとわかりますからね」

「そうですね」

栄次郎は頷いてから、

「『和泉屋』の次男の藤吉さんをご存じですか」

と、きいた。

「知っています」

「会ったことはありますか」

「ええ、幼い頃からいたずらで。あっしたちが庭木の手入れをしているそばから枝を折ったり……」

「今、どうしているか、ご存じですか」

「家出しているそうですね」

「ええ。どこにいるかは？」

「知りません。旦那も心を痛めているようですが」

「なぜ、藤吉さんはそんなになってしまったのでしょうか」

「さあ。あっしらにはわかりません。ただ、兄の藤太郎さんとはだいぶ出来が違いました。常に藤太郎さんと比べられ、だんだんひねくれるようになったのかもしれませんね」

「藤太郎さんは子どものころからそんなに出来た息子さんだったのですか」

「ええ。あっしら出入りの職人にも親切で、藤右衛門さんも可愛がっていました。そんなところも、藤吉さんは面白くなかったのかもしれませんね」

「ふたりとも同じ母親で？」

ひょっとして腹違いかとも思ったが、

「同じですよ。ふたりとも内儀さんの子です」

ぽつりと顔に冷たいものが当たった。

「いけねえ、早くやっちまわないと」

半蔵は剪定鋏《ばさみ》を持ち直した。

栄次郎は礼を言い、半蔵と別れ、足早になって来た道を戻った。

四

半刻（一時間）後、栄次郎は浅草黒船町《くろふねちょう》のお秋《あき》の家に着き、三味線の稽古用に借りている二階の部屋にいた。

お秋は昔矢内家に女中奉公していた女である。謹厳な母は栄次郎が三味線に現《うつつ》を抜かすことを許すはずがなく、やむなくここで稽古をしているのだ。

一刻（二時間）近く、三味線の稽古をし、撥《ばち》を置いて立ち上がった。

窓辺に立つ。大川は波が立っている。御厩河岸《おうまやがし》のほうに目をやると、渡し船は動いていないようだ。雨が降り、風も出ている。

昨日の賊は藤吉と関わりがあるのだろうかと、またもそのことに思いが向いた。賊はかなり、『和泉屋』の内情に詳しい。

やはり、藤吉が関わっているのだろうか。藤右衛門は他人から恨まれるようなひとではない。昨日の会を開いたことから華やかなことが好きな見栄《みえ》っ張りに思えるが、決して自分だけ満足しているわけではなく、近所のひとや出入りの職人までを招き、接待しているのだ。自分の会にかこつけて、招いたひとたちに感謝をしている。栄次郎にはそう思えるのだ。

そんな藤右衛門を殺したいほど恨む者がいるとは思えない。考えられるのは嫉妬《しっと》だ。贅沢《ぜいたく》な暮しをしていることの妬《ねた》みから殺そうとした……。

だが、栄次郎はすぐ否定した。昨日の犯行は準備万端整えられた末のものだ。もし、あの賊の動きに伊佐治が疑問を持たなければ、栄次郎があの賊のあとをつけることはなかった。つまり、藤右衛門殺しはうまくいっただろう。

妬みからだけで、そのような綿密な企てをするとは思えない。もっと明確な理由があるはずだ。

ふと藤吉のことが脳裏を掠《かす》めた。だが、実の親を殺そうとするだろうか。

その後、再び三味線の稽古をし、暗くなってからお秋が呼びに来た。

「栄次郎さん。旦那が来たわ」

旦那とは南町筆頭与力の崎田《さきた》孫兵衛《まごべえ》のことだ。お秋は孫兵衛の腹違いの妹ということにしているが、実際は妾《めかけ》なのだ。

「すぐ行きます」

栄次郎は三味線を片づけて、部屋を出た。

階下に行くと、すでに孫兵衛は長火鉢の前でくつろいでいた。

「栄次郎どの。何かききたいことがあるそうだな」

孫兵衛がいきなりきいた。

「はい。最近、殺し屋の仕業《しわざ》と思えるような殺しが起きてはいないかと思いまして」

「殺し屋?」

孫兵衛は怪訝《けげん》そうな顔をした。

「何かあったのか」

「いえ。ただ、ちょっと」

「言えないのか。まあいい。殺し屋のことは報告にはなかった。ただ、ここひと月で、下手人《げしゅにん》がわからない殺しが二件あったはずだ」

孫兵衛は毎日、定町廻り同心の報告に目を通している。だから、江戸市中で起こった犯罪は把握しているのだ。

「その二件はどのようなものなのでしょうか」

「覚えていない」

「どこで起きた事件かだけでも調べていただけませんか」

「わかった。今度来るときまでに調べておこう」

「お願いします」

「また、よけいなことに首を突っ込んでいるようだな」

孫兵衛が苦笑した。

「まあ」

「お節介も過ぎると……。まあ、そなたには言っても無駄だな。ひとの難儀を見捨てておけない性分だからな」

「恐れいります」

「少し、呑んで行け。たまには酒の相手をするものだ」

孫兵衛は誘った。

「では、少しだけ」

栄次郎は断りきれずに応じる。

お秋が長火鉢の銚釐《ちろり》をとり、栄次郎の猪口《ちょこ》に酒を注いだ。

「旦那も」

お秋が孫兵衛に銚釐を向ける。

「うむ」

孫兵衛は鼻の下を伸ばして酌を受ける。

「昨日の『和泉屋』はどうだったのだ?」

思い出したように、孫兵衛が口にした。

「はい。ご存じでしたか」

「大工の棟梁が招かれていると言っていた。なんでも大広間に舞台を設えたそうではないか。富裕なもののやることは違うと感心したものだ」

「ええ。華やかな会でした」

「そこで何かあったのか」

　いきなり、孫兵衛がきいた。

「何がですか」

「殺し屋の件だ。そなたも昨日は『和泉屋』にいたのだろう。そこで何かあったのではないか」

「ええ、でも、たいしたことではありません」

　孫兵衛はじっと栄次郎の顔を見つめていたが、

「そういえば、思い出した。さっきの話だ」

　と、急に言った。

「なんでしょうか」

　酒を喉《のど》に流し込んだあと、孫兵衛が口を開いた。

「下手人がわからない二件の殺しだが、手口が同じだった」

「…………」

「ふたりとも背後から喉を掻き切られていた」

　昨日の光景が蘇《よみがえ》る。賊は藤右衛門の背後から匕首を構えて迫ったのだ。

「その二件、同じ下手人ですね」

栄次郎は確かめるようにきく。

「おそらく。ただ、殺されたふたりの男は関係がなかった。ひとりは芝《しば》の職人で、もうひとりは麴町《こうじまち》の商家の番頭だ」

さっきは、事件の詳しいことは覚えていないと言った孫兵衛だが、今はすらすら口にしている。

「殺し屋を頼んで殺したとも考えられる」

「殺し屋という報告はないということでしたが」

栄次郎はきくと、孫兵衛は涼しい顔で、

「そんなことは言ってないはずだ」

と、平然と言う。

「そうですか」

「栄次郎どの、昨日、何かあったのではないか」

「『和泉屋』に集まった人々全員にきいても、何も知らないと答えます」

「そうか。ならいいが」

孫兵衛は不満そうに言う。

「じつは」

栄次郎は迷った末に切り出した。

「昨日の宴席にいた男が藤右衛門さんを庭に誘《おび》き出して匕首で襲いかかろうとしたのです。男の挙動を不審に思い、あとをつけたので大事には至りませんでしたが」

「そんなことがあったのか」

孫兵衛は厳しい顔になった。

「その男は三十前後で、額が広く、顎の尖った顔をしていました。何者かに頼まれて藤右衛門さんの命を奪おうとしたのではないかと思ったのです」

「その騒ぎは奉行所には？」

「知らせていません。その場で知らせたら大騒ぎになり、せっかくの宴席が混乱しますので」

「しかし。今からでも訴えておいたほうがいい」

「崎田さま。じつはこれにはわけがあります。どうか、今の話は聞かなかったことにしていただきたいのですが」

「そのわけは？」

「いずれお話しします。ですから今は」

「そうか」

孫兵衛は不服そうな顔をしたが、

「で、そなたはその賊を殺し屋と見たのか」

と、きいた。

「はい。だとしたら、他にも殺しを請け負っているかもしれないと思いまして」

「わかった。三十前後で、額が広く、顎の尖った顔の男が二件の殺しの周辺に現れていなかったか、同心にきいてみよう」

「はい、お願いします。では、私はこれで」

栄次郎は腰を上げた。

「なに、もう引き上げるのか」

「はい、きょうは早く帰らないと。今度、崎田さまがお見えになったらゆっくりとさせていただきます」

「明日来る」

「明日ですか」

「ああ、明日、そなたからきかれたことを調べておく。いいか、明日だ」

「わかりました」

「では、明日にしよう」

孫兵衛は満足そうに頷いた。

「では」

栄次郎は立ったまま会釈をした。

「お帰りですか」

お秋が声をかける。

「ええ」

栄次郎は二階に戻り、刀を持って階段を下りた。

お秋に見送られて、栄次郎は外に出た。

雨は上がっていたが、空は曇り、暗かった。

新堀川《しんぼりがわ》を渡り、阿部川《あべかわ》町《ちよう》を突っ切り、武家地に入る。栄次郎はつけられていることに気づいていた。

背後の黒い影の正体はわからない。栄次郎は大名屋敷の前を通り、小禄の武家屋敷地を抜けた。

その頃には、尾行の気配は消えていた。途中の曲がり角で後ろを見たが、尾行者の影はなかった。

だが、油断はならなかった。下谷広小路から池之端仲町《いけのはたなかちょう》をまわり、湯島の切通しに出た。ここから暗い場所になる。

提灯《ちょうちん》を持った男とすれ違った。行き過ぎたあと、栄次郎ははっとした。今の男は額が広く、顎が尖っていた。

立ち止まって振り返ると、男は提灯をかざして大きく輪を描くようにまわしていた。合図だ。

栄次郎の行く手から黒い影がふたつ現れた。ふたりとも黒い布で面体《めんてい》を隠している。浪人のようだ。

「何者だ」

栄次郎は問いかける。

だが、長身の侍が無言で抜き打ちに斬りつけた。栄次郎はひらりと身をかわす。だが、相手は続けざまに斬り込んで来た。栄次郎は後ろに飛び退き、さらに襲いかかる剣を右に左にと避けた。

「おのれ」

焦ったように、相手が上段から斬りかかったのを、栄次郎は左足を前に出して腰を落とし、刀の鯉口《こいぐち》を切った。

相手が迫った瞬間、栄次郎は素早く抜刀し、相手の脾腹《ひばら》を襲った。その寸前、栄次郎は致命傷にならないように力を緩《ゆる》めた。浪人はうっと呻いてよろけた。

もうひとりの浪人が栄次郎に休む間を与えないように斬りつけた。栄次郎は剣を弾き、何度目かには相手の剣を鎬《しのぎ》で受け止め、相手の体を引き寄せてから足払いをした。

相手は仰向けに倒れた。その胸元に、剣先を突き付け、

「誰に頼まれた？」

と、問いつめた。

「………」

浪人は黙っている。

「言わぬか。言わぬなら」

栄次郎は剣先を心ノ臓に当てた。

「殺《や》れ」

浪人は開き直ったように言う。

「よし、わかった。だが、命はとらぬ。話を聞けなくなるからな。その代わり」

栄次郎は剣先を心ノ臓から離し、浪人に右肩の付け根に当てた。

「二度と剣が使えないように、右腕を切り落とす」

「………」

浪人が目を剝《む》いた。

「痛みがないようにきれいに切り落とす。起き上がれ」

「待て」

「起き上がらぬならこのままでいい。その代わり、少し痛むぞ」

そう言い、栄次郎は剣を振りかざした。

「やめろ。言うからやめろ」

「誰だ？」

「丑松《うしまつ》という男だ」

「丑松？　どんな男だ？」

「額の広い、顎の尖った顔をしていた」

やはり、昨日の賊だ。お秋の家から尾《つ》けてきたのも丑松に違いない。

「丑松はどこに住んでいるのだ？」

「わからぬ」

「どこで声をかけられたのだ？」

「佐《さ》賀町《がちよう》の『三隅屋《みすみや》』という口入れ屋の前だ」

「その男はそなたの仲間か」

腹を押さえながら起き上がった浪人を指さす。

「そうだ」

「わかった」

栄次郎は刀を引いた。

「行け」

栄次郎がふたりに言う。

浪人たちはよろけるように坂を下って行った。ふと、坂の上の暗がりにひとの気配がした。ずっと様子を窺っていたようだ。丑松か。

栄次郎が駆けつけようとしたとき、影はあっという間に消えた。駆けつけたが、もう辺りにひとの気配はなかった。

冷たい風が吹いていた。顔を見られたことから栄次郎の口封じにかかったのだろうが、それにしても昨日の今日だ。その素早い対応がどうして出来たのか、不思議に思った。

五

翌日の朝、栄次郎は神田旅籠町の『和泉屋』に寄り、きょうの藤右衛門の予定を聞いてから深川《ふかがわ》に向かった。

半刻（一時間）後に、佐賀町にある口入れ稼業の『三隅屋』の暖簾《のれん》をくぐった。正面の板敷きの間に文机があって、その前に座っている眠そうな顔した年配の男が、頭巾をかぶった男の客の相手をしていた。

栄次郎は隅の腰掛けに座って先客の用事が済むのを待った。が、頭巾の男はすぐに引き上げた。

戸口を出るとき、その男はちらっと栄次郎に顔を向けた。顔はわからないが、商家の番頭ふうにも思える。

男が出て行ってから、文机の前に座っている亭主らしき男の前に立った。

「いらっしゃいまし」

亭主が声をかけた。

「客ではないんです。ちょっとお伺いしたいことがありまして」

栄次郎は切り出し、

「丑松という男を知りませんか」

と、きいた。

「丑松？」

亭主の目が一瞬鈍く光ったような気がした。

「三十歳ぐらいの額の広い、顎の尖った顔をした男です」

「知りませんね」

亭主は首を横に振った。

「客の中にもおりませんか」

「いません」

「そうですか。わかりました」

栄次郎が引き上げようとすると、

「もし」

と、亭主が呼び止めた。

栄次郎は振り返った。

「その丑松という男が何か」

「いえ、ただききたいことがあっただけなんです」

「どのような？」

「いえ、本人でないと」

「そうですか」

「何か、思い当たることが？」

栄次郎はきいた。

「いえ。ただ、同じ稼業の仲間にきけば何かわかるかもしれないと思ったものですから」

瞬間、この亭主は丑松を知っているのではないかと思った。

「じゃあ、きいていただけますか」

栄次郎はきいた。

「わかりました。今日中にきいておきます。あっ、もし、何かわかりましたら、お知らせにあがります」

「いえ、また、あとで参ります」

「そうですか。では、夕方にいらっしゃってください。それまでに調べておきますから」

「わかりました」

礼を言い、栄次郎は『三隅屋』を出た。

栄次郎は両国橋《りょうごくばし》を渡り、神田旅籠町に戻った。

昼過ぎに藤右衛門は、駿河台《するがだい》にある旗本大河内主水の屋敷に挨拶に行くというので警護を買って出たのだ。

もちろん、藤右衛門を守るためではあるが、丑松が現れるのを期待もしていた。

藤右衛門が襲われたことを奉行所に訴えないのは、背後に藤吉の影がちらつくからだ。

「栄次郎さん、すまないね」

藤右衛門は羽織姿で出て来た。

店の前に来ていた駕籠に藤右衛門が乗り込むと、駕籠かきはかけ声を上げて担ぎ上げた。手代が供について、駕籠は出発した。

少し遅れて、栄次郎はついて行く。なぜ、藤右衛門の命を狙うのか、丑松を捕まえて口を割らせなければならない。

藤吉がどう絡んでいるのか。藤右衛門はそのことを気にしているのだ。

駕籠は昌平橋《しょうへいばし》を渡り、駿河台への坂を上がって行った。昼間から襲撃するような場所はなかった。

それに、ここまで尾行している者もいなかった。

駕籠は大きな長屋門の屋敷の前に着いた。駕籠を下り、藤右衛門と手代が門を入って行った。

栄次郎は少し離れた場所にある松の陰で藤右衛門が出て来るのを待った。きょうは晴れて、青空が広がっていた。

実際には代人《だいにん》が来たが、会に招くのだから、藤右衛門と大河内主水は親密な関係のようだ。大河内主水のおかげで、いろいろなお屋敷への出入りが許され、それで『和泉屋』は飛躍的に大きくなっていったようだ。

半刻（一時間）近く経って、ようやく藤右衛門が出て来た。

再び、藤右衛門は駕籠に乗った。脇に手代がついて、駕籠は栄次郎の前を通って行く。辺りに怪しい者の姿はなかった。

何事もないまま、『和泉屋』に戻った。

「栄次郎さん、上がってください」

藤右衛門に誘われ、客間に行った。

「着替えてきますので、少々お待ちください」

藤右衛門が部屋を出て行くと、すぐに女中が茶菓を運んで来た。

「すみません」

栄次郎は礼を言う。

やがて、藤右衛門がやって来た。

「栄次郎さん、少しわかったことがおありとか。それをお話しいただけませんか」

「わかりました。まず、あの賊ですが、丑松というそうです」

「丑松ですか」

「はい。昨夜、浪人に襲われました。浪人を問いつめたところ、丑松から頼まれたということでした。丑松の特徴はまさにあの賊と同じでした」

「そうですか」

「丑松は顔を知った私を亡きものにしようとして浪人を雇ったのですが、かえってそのことが幸いでした。丑松の名を知ることが出来ましたから」

「栄次郎さんにも危ない目に遭わせて……」

藤右衛門は辛そうな顔をした。

「私のことは気にしないでください」

「それにしても、本厄の厄払いのために開いた会で、命を狙われるとは皮肉なものです。やはり、厄から逃れられないものでしょうか」

「いえ、逃れられたではありませんか」

栄次郎は強く言い、

「あの会だからこそ逃れられたのです。丑松があの会を利用してくれたおかげで、未然に防ぐことが出来たのです。厄からは必ず逃れられます」

「そうですね」

藤右衛門が答えたとき、障子の外で女中の声がした。

「旦那さま」

「ちょっと失礼」

藤右衛門は立ち上がって障子を開けた。

「『新田屋』の御主人と内儀さんが参られておりますが」

「そうか。では、空いている部屋で待ってもらいなさい」

藤右衛門が言うのに、

「お待ちください。私はもう行かねばなりませんので。それにご挨拶もしたいので、こちらに」

と、栄次郎は声をかけた。

「そうですか」

藤右衛門は頷き、

「では、ここにお連れして」

と、女中に言った。

栄次郎は伊佐治という男が気になっていた。丑松の怪しい動きを見抜いたことや、そのあとで庭に様子を見に来た動きなど、堅気《かたぎ》とは思えない。

「いらっしゃいました」

女中が障子を開けた。

「お入り」

藤右衛門が声をかける。

伊佐治とおなかが入って来て、すぐ栄次郎に気づいた。

「あなたは？」

おなかが目を丸くした。

「吉栄さんはお侍さんだ」

藤右衛門が口を添えた。

「矢内栄次郎と申します。その節は……」

栄次郎は挨拶をした。

「やはり、お侍さまでしたか」

伊佐治が腰を下ろして呟いた。

「私はもう引き上げるところです。ちょっとおふたりにご挨拶をと思いまして」

栄次郎は伊佐治とおなかを交互に見て言った。

「では」

栄次郎が立ち上がったとき、

「矢内さま」

と、伊佐治が声をかけた。

「私どもは茅町一丁目に『新田屋』という小間物の店を開いています。ぜひ、お立ち寄りを」

「ええ、ぜひ」

おなかも言う。

「ありがとうございます。いずれ、立ち寄らせていただきます。では、私はこれで」

藤右衛門にも挨拶をし、栄次郎は部屋を出た。

栄次郎は夕方になって、佐賀町の『三隅屋』の暖簾をくぐった。

薄暗い土間に入ると、板の間の文机の前には若い男が座っていた。

「ご主人は?」

栄次郎がきく。

「外出していてまだお帰りではありません。もう戻るはずなんですが」

「そうですか。では、もうしばらくして参ります」

栄次郎は土間を出た。

だんだん空は紺《こん》色に染まってきた。町に灯が点《つ》きはじめた。

油堀《あぶらぼり》のほうから年配の男が歩いて来る。『三隅屋』の主人のようだ。

栄次郎に気づいて足早になった。

「お待たせしましたか」

「いえ。わかりましたか」

「ええ。同業者から聞いて来ました。その同業者の名前は明かすことは出来ません。

よろしいですか」

「なぜ、ですか」

「丑松は、その男の店に来て、奉公の世話を求めてきたそうです。どんな汚れた仕事もやるから富裕な商家か武家屋敷を世話してくれと」

「どんな汚れた仕事も？」

「ええ。冗談で、ひと殺しもかときいたら、にやにや笑っていたそうです。薄気味悪いのでそのまま放っておいたと言ってました」

「丑松が現れたのはいつごろのことですか」

「二カ月ぐらい前だそうです。でも、その後は現れていないとのことです。だから、あまり関わりたくないと言うのです」

何か腑に落ちないものがあったが、

「わかりました」

と、栄次郎は約束した。

「丑松は霊岸島《れいがんじま》の大川端町《おおかわばたちょう》に住んでいると、言っていたそうです。二階建のしもたやに住んでいるとのこと。ただ、丑松がほんとうのことを言っているならの話ですが」

「これから行ってみます」

『三隅屋』の主人の話がどこまでほんとうかどうかわからないが、ともかく霊岸島の大川端町に行ってみることにした。

栄次郎は永代橋《えいたいばし》に向かった。


四半刻（三十分）後に、霊岸島の大川端町にやって来た。

小商いの店が並ぶ通りの外《はず》れにしもたやがあった。灯は点いていない。戸に手をかけると、開いた。

栄次郎は真っ暗な土間に入り、

「どなたかおられますか」

と、奥に聞こえるように大声を出した。

しかし、返事はない。もう一度呼びかける。だが、同じだった。

栄次郎はいったん外に出て、隣りの荒物屋に行った。ちょうど主人らしい男が雨戸を閉めるところだった。

「ちょっとお伺いします。隣りに丑松というひとが住んでいると聞いてやって来たのですが、ご存じですか」

栄次郎は声をかけた。

「ほとんどつきあいはないですが、ひとりで住んでいる男がいますね」

ちんまりした顔の男だ。主人のようだ。

「どんな感じの男ですか」

「三十くらいの、額が広く顎の尖った男です」

主人が答える。

「ひとが訪ねて来たりしますか」

「ときたま、やって来てました」

「そうですか。今、留守なんでしょうか」

「さあ、わかりません」

「失礼しました」

礼を言い、栄次郎は再び丑松の家に行った。

土間に入り、もう一度呼びかけたが、やはり返事はない。栄次郎が迷っていると、ふと血の匂いを嗅いだような気がした。

はっとして、栄次郎は座敷に上がった。行灯《あんどん》の火をつけた。

行灯を持って奥に行くと、居間らしい部屋の長火鉢の前でひとが仰向けに倒れていた。あわてて駆け寄った。

行灯の灯に映し出された顔は丑松だった。無念そうな形相だ。すでに絶命しており、肩から血が滲んでいた。

なぜ、丑松が殺されたのか。藤右衛門を殺し損ね、さらに栄次郎の襲撃に失敗したことで、丑松の依頼人に処分されたのかもしれない。

殺されて一刻（二時間）は経っていない。七つ（午後四時）過ぎか。刀傷だ。周囲に争ったあとはない。向かい合っているところをいきなり斬りつけられたか。

部屋の中を見まわす。荒らされてはいない。下手人は顔見知りか。

栄次郎は他の部屋も調べたが、あまり家財はなく、丑松の素姓を知る手掛かりになるものもなかった。

もちろん、藤吉の手掛かりもなかった。

栄次郎は外に出て、自身番に向かった。すっかり暗くなった中に自身番の灯が輝いていた。

玉砂利を踏んで自身番に顔を出した。

「そこの丑松というひとの家で、丑松さんが殺されています」

栄次郎が訴えると、自身番に詰めていた家主らはあわてた。

「殺された？　それはほんとうですか」

「残念ながら」

栄次郎はしんみり言う。

「誰か、安蔵《やすぞう》親分に」

「あっしが」

店番の男が飛び出して行った。

栄次郎は先に丑松の家に戻った。町役人《ちょうやくにん》たちもついて来た。

それから四半刻（三十分）後に、定町廻り同心の玉井重四郎《たまいじゅうしろう》と岡っ引きの安蔵が駆けつけた。

玉井重四郎は大柄の四角い顔をした男で、岡っ引きの安蔵は鬢《びん》に白いものが目立つ四十過ぎの男だった。

ホトケを検《あらた》めてから、玉井重四郎は栄次郎のところにやって来た。

「お侍さん、まず、名前をお聞かせ願えませんか」

重四郎は太くて短い眉を寄せてきいた。目尻に皺《しわ》が多いが、顔の艶《つや》などから三十代半ばのようだ。

「矢内栄次郎と申します」

「住まいは？」

重四郎は矢継ぎ早にきく。

「本郷です」

「どうしてここに？」

「丑松に会いにです」

「丑松を知っているのですか」

重四郎は疑いの眼差しを向けた。

「いえ、じつは昨夜、浪人に襲われました。その浪人が言うには丑松に頼まれたと」

『和泉屋』の件は伏せて、栄次郎は浪人を倒したあとに問い詰めて聞き出したことを話した。

「なぜ、浪人に襲われたのですかえ」

岡っ引きの安蔵がきいた。

「わかりません。それを確かめたくて丑松に会いに来たのです。そしたら、こんなことになっていて」

栄次郎は倒れている丑松に目をやった。

「丑松の住まいがここだとどうしてわかったんですかえ」

「浪人から聞きました」

「浪人がそこまでぺらぺらと喋ったって言うんですかえ」

「そうです」

重四郎と安蔵は怪しむように栄次郎を見ていたが、

「まあ、ともかく、改めてお話をお伺いしたい。本郷のお屋敷を訪ねればいいですか」

と、きいた。

「浅草黒船町にあるお秋というひとの家に来てくださいませんか。昼間はそこにいることが多いので」

「浅草黒船町のお秋ですね」

重四郎は確かめた。

「そうです」

栄次郎は同心たちと別れ、外に出た。

まさか、丑松が殺されていようとは思わなかった。栄次郎に顔を見られた丑松を生かしていては危険だと、藤右衛門の命を狙っている者が口封じをしたのだろう。

栄次郎は崎田孫兵衛に会うために浅草黒船町に急いだ。

第二章　過去

一

半刻（一時間）余りのち、栄次郎は浅草黒船町のお秋の家にやって来た。

戸を開けて顔を出すと、いつにない遅い訪問に、お秋は驚いたようだった。

「何かあったのですか」

「崎田さまと約束でしたので」

栄次郎は言ったが、お秋は細い眉根を寄せて、

「栄次郎さん、顔が厳しいわ」

「そうですか」

栄次郎はあわてて顔に手をやる。平静を装っていても、丑松が殺されたことの衝撃

は大きいようだった。

「さあ、どうぞ」

お秋は栄次郎を誘った。

居間に行くと、孫兵衛は栄次郎をじっと見つめ、

「矢内栄次郎どのによく似た御仁《ごじん》だな」

と、皮肉を込めたように言った。だいぶ酒がまわっているようだった。

「遅くなりました」

栄次郎は素直に頭を下げた。

「今夜の約束を忘れたのか」

孫兵衛は叱りつけるように口にした。

「申し訳ありません。じつは……」

そばにお秋がいたので言いよどんだ。

「なんだ、何があったのだ?」

孫兵衛が急《せ》かす。

「三十前後で、額が広く、顎の尖った顔の男のことがわかりました」

「わかったのか」

「はい。丑松という男です。霊岸島の大川端町に住んでいるというので行ってみたのです。そしたら」

またお秋を気にしたが、栄次郎は続けた。

「丑松は殺されていました」

「なに、殺された？」

孫兵衛が厳しい顔付きになった。さすが、酒が入っていても、いざとなればしゃきっとした。

「死因は？」

「刀で肩から袈裟《けさ》懸《が》けに斬られていました」

「そなたが死体を見つけたのか」

「はい」

「霊岸島の受け持ちは玉井重四郎だ。そうか、そなたは疑われるな」

「それで、崎田さまにお縋《すが》りしようと」

栄次郎は正直に言う。疑いはすぐに晴れようが、根掘り葉掘りきかれるのが困るのだ。

「その代わり、すべてを話すか」

「わかりました」

栄次郎は『和泉屋』で起きたことで話していなかった、藤吉をだしに藤右衛門が庭に誘《おび》き出されたのだと話した。ただし、伊佐治のことは余分なので、自分が丑松の不審な挙動に気づいたことにした。

「すると、藤吉が絡んでいるかもしれぬゆえに、藤右衛門は奉行所に届け出なかったというのか」

「はい。丑松は出入りの『植半』に断りを入れ、その上で庭師に化けて『和泉屋』に侵入しました。かなり『和泉屋』の事情に詳しい者が背後にいるのは間違いありません。それが、藤吉ではないかという疑惑が……」

「そうか」

「崎田さま。ほんとうに藤吉が絡んでいるのかどうかわかりません。いましばらく、この件はこのままで」

「いいだろう。それにしても、なぜ丑松は殺されたのだ？」

「口封じだと思います。顔を見られたので私を殺そうとしたが失敗した。丑松が捕まれば、依頼人の名を喋《しゃべ》るかもしれない。だから、丑松の口を封じたのでしょう」

「それだけではあるまい。藤右衛門の命を狙っている者は、丑松では藤右衛門を殺せないと見切りをつけたのだろう」

「そうかもしれません」

「代わりの殺し屋を手配したのかもしれぬな」

「ええ」

「藤右衛門に警護の者をつけるべきだ。南町の者を……」

「お待ちください。藤右衛門さんは承知しないと思います。藤吉さんのことがある限り、奉行所には」

「ばかな。己の命が大事ではないのか」

「私に任せていただけますか」

栄次郎は口にする。

「そなたが用心棒になるのか」

「いえ」

栄次郎は孫兵衛を見つめた。

「わかった。そなたに任せよう」

「ありがとうございます」

栄次郎は頭を下げて、

「ところで、下手人《げしゅにん》がわからない二件の殺しに、丑松らしき男の影がなかったか、わかりましたか」

殺されたふたりは、芝の職人と麴町の商家の番頭だった。手口が同じなので、いずれも丑松が関係していると思われる。

「同心たちの話では、額の広い顎の尖った男がうろついていたそうだ。ただ、殺しには関わりがないとされていた」

「やはり、丑松の仕業《しわざ》のような気がします。丑松のことを伝え、もう一度調べ直してもらっていただけませんか」

「うむ、そうしてみよう」

孫兵衛は答えたあとに、

「だが、そのことを調べたことで、そなたのほうに何か影響があるのか」

「わかりません。ただ、丑松が殺し屋だった場合、依頼人がどうやって丑松を知ったのか。仲介人がいるかもしれません。その仲介人から藤右衛門殺しを依頼した人物の名がわかるかもしれません」

「よし、わかった」

「では、私はこれで」

「わしもそろそろ帰らねばならぬ。今夜は予定外のことだったのでな……」

「すみません」

「そなたが謝《あやま》ることはない」

「では、私はお先に」

栄次郎は腰を上げ、お秋に見送られて土間を出た。


本郷の屋敷はしんとしていた。

栄次郎は物音を立てないように気をつけて自分の部屋に帰り着いた。

兄の部屋を窺《うかが》うと、兄はまだ起きているようだった。栄次郎は兄の部屋の襖越しに声をかけた。

「兄上、まだ起きていらっしゃいますか」

「うむ。入れ」

「失礼します」

栄次郎は部屋に入った。

すでにふとんが敷いてあり、兄も寝間着に着替えていた。

「お休みのところでしたか。失礼しました。明日の朝、参ります」

「構わぬ」

「そうですか。では」

栄次郎は部屋に入った。

「適当なところに座れ」

「はい」

栄次郎はふとんに触れぬように腰を下ろした。

兄も畳の上に腰を下ろした。

「例の件はまだだ」

栄次郎の縁組のことだ。

「いえ。そのことではありません」

「そうか」

「新八《しんぱち》さんのことですが、今差し当たっての仕事は？」

新八は大名屋敷や大身《たいしん》の旗本屋敷、そして豪商の屋敷などに忍び込むひとり働きの盗人《ぬすっと》だった。忍び込んだ屋敷の武士に追われた新八を助けてから、栄次郎と親しくなった。今は盗人をやめ、御徒目付である兄の手先として働いている。

「いや、特にない」

兄が答える。

「では、しばらく新八さんをお借りしてよろしいでしょうか」

「構わぬが、何かあったのか」

「はい。じつは『和泉屋』の藤右衛門さんが何者かに命を狙われているのです。奉行所に頼めない事情がありまして」

「事情？」

「はい」

栄次郎は家出している藤吉が事件の背後にいるかもしれないことを話し、

「それで、藤右衛門さんは奉行所に訴えられないのです。でも、命を狙われていることに変わりはありません。そこで、新八さんに警護をお願いしようと思いまして」

「そうか。わかった」

兄は頷いてから、

「その新八のことだが」

と、真顔になった。

「何か」

「新八をいつまでも手先としておくのも可哀《かわい》そうだ。なんとか、今後の生きる術《すべ》を考えてやりたい」

「はい。私もそう思います」

「新八には好きな女子はいないのか」

「以前はおりました。でも、最近はその話を聞きません」

「手先などしていたら、女子を養えぬ」

兄は表情を曇らせた。

「はい。何かいい手立てがありましょうか」

「新八は岡っ引きに向いていると思うのだ。そなた、お秋の旦那が南町の与力どのだと言っていたな。その旦那に頼み、同心を世話してもらえると助かるのだが」

「ええ、話をしてみましょう」

栄次郎は請け合ってから、

「それより、新八さんは岡っ引きをどう思っているんでしょうか」

と、きいた。

「きいたことはない。だが、新八ならいい親分になると思う」

「私もそう思います。新八さんにも心の内をきいてみます。では、お休みなさい」

栄次郎は兄の部屋から引き上げた。

翌日、栄次郎は屋敷を出て本郷通りを行き、神田明神下《みようじんした》の新八の長屋にやって来た。

腰高障子を開けると、手持ち無沙汰を持て余しているのか、新八は煙管《きせる》のらうの掃除をしていた。

「あっ、栄次郎さん」

あわてて、らうを脇に置いて上がり框《かまち》までやって来た。

「お久しぶりです」

「新八さん、お願いがあるのですが」

「なんでしょう」

「じつは、ある方の警護をしていただきたいのです」

「警護?」

「はい、『和泉屋』の藤右衛門さんが何者かに命を狙われました」

「藤右衛門さんが?」

新八は顔色を変えた。

じつは新八も一時、杵屋吉右衛門に弟子入りしたことがあり、藤右衛門とは顔見知りであった。

盗人だったことを暴かれ、吉右衛門のところから去ったが、師匠は新八の復帰を望んでいるのだが……。

「いったい何があったんですかえ」

栄次郎は経緯《いきさつ》を詳しく語った。

新八は聞き入っていたが、栄次郎が話し終えるのを待って、

「そんなことになっていたんですかえ」

と顔をしかめ、そして言った。

「そうであれば、捨てておくわけにはいきません。あっしでよければやらせていただきます」

「ありがとう」

栄次郎はほっとしたが、

「じつはこれは私が独断で、勝手に決めたことで、まだ藤右衛門さんの気持ちをきいていないのです」

「そうですか。わかりました。藤右衛門さん次第ってことですね。あっしはそれでかまいません」

「すみません」

「いえ」

「では、これから藤右衛門さんのところに行って話をしてきます。それによっては、しばらく『和泉屋』さんで寝泊まりしていただくことになります」

「わかりました」

栄次郎は新八の長屋を出て、神田旅籠町に向かった。ここから目と鼻の先だ。

『和泉屋』に着いて、客間に通された。

すぐに藤右衛門が現れた。

「藤右衛門さん、丑松という男が殺されました」

「えっ、ほんとうですか」

藤吉が殺ったかもしれないと考えたのか、藤右衛門の顔が青ざめた。

「殺ったのは侍です。袈裟懸けに斬られていました」

栄次郎は自分が丑松の死体を発見するに至る経緯を話し、

「おそらく丑松は、依頼人に殺されたのでしょう。面体《めんてい》を晒《さら》してしまったので、捕まる危険が大きいと考え、口を封じたのでしょう」

「藤吉が背後にいるのでしょうか」

「私が今まで調べた限りでは、藤吉さんの影は見つかりませんでした」

栄次郎は安心させるように言う。

「…………」

「それより、丑松が死んで危険が去ったわけではありません。藤右衛門さんの命を狙っている者は別の殺し屋を差し向けて来るかもしれません」

「いったい、なぜ、私を……」

藤右衛門は首を傾《かし》げた。

「私も藤右衛門さんのようなお方に危害を加えようとする輩《やから》がいるのが信じられません。でも、襲われたのは事実です」

「ええ」

「以前、吉右衛門師匠のところでいっしょだった新八さんを覚えていらっしゃいますか」

栄次郎は話を変えた。

「ええ、新八さんはよく覚えています」

「今、新八さんは私の兄の手伝いをしていますが、しばらく新八さんに藤右衛門さんの警護をしてもらったらいいのではないかと考えたのですが」

「新八さんに？」

「はい、外出するときは常に供に連れて行けば、安心です。素早く危険を察知し、藤右衛門さんを守ってくれるはずです」

「そうしてもらえば安心ですが、新八さんは引き受けてくれるでしょうか」

「もう話はしてあります。新八さんもそのつもりでおります」

「それはありがたい。ぜひ、そうしていただけますか」

「わかりました。出来たら、新八さんもこの屋敷に寝泊まりしたほうがいいのですが」

「もちろん、部屋を用意します」

「それでは、さっそく新八さんを呼んで来ます」

栄次郎は腰を上げた。

「栄次郎さん、何から何まで」

藤右衛門は頭を下げた。

「顔を上げてください。では、すぐ戻りますので」

栄次郎は新八を呼びに明神下に戻った。

そして、新八とともに『和泉屋』に入って行った。

二

きょうは歩いていると汗ばむほどの陽気だった。

伊佐治はきょうはひとりで『和泉屋』にやって来た。すると、矢内栄次郎と栄次郎より少し年長と思える男が出て来た。男は商人でも職人でもないようだ。

伊佐治はふたりを見送ってから、『和泉屋』に入って行った。奉公人とは馴染みなので、すぐに客間に通してくれた。

しばらくして、藤右衛門が現れた。

「旦那、たびたびすみません」

先日、おなかといっしょにやって来たのだ。それから、あまり日は経っていない。

「なあに。で、きょうはおまえさん、ひとりか」

藤右衛門はきいた。

「へえ、きょうはおなかに内緒でやって来ました。いっしょだと、旦那にききづらいので、思い切ってひとりで参りました」

「何か、私に?」

「はい」

伊佐治は声をひそめ、

「先日の酒宴のとき、旦那のあとを追うように丸に半の字の半纏を着た男が席を立って行きました。じつはあっしは気になって様子を見に行ったんです。そしたら、矢内さまがその男を捕らえていました」

「そうか、知っていたのか」

「はい。旦那に何事もなく済んで安心していたのですが、ほんとうにもう何でもないのか、気になりまして」

「それは心配させたね」

藤右衛門はため息をついてから、

「じつは何者かが私の命を狙っているらしいのだ。誰が何のためにしているかわからない。栄次郎さんがいろいろ調べてくれている」

「矢内さまが？」

「そうだ。だから、心配しないでいい」

「最前、栄次郎さんともうひとりの方をお見掛けしましたが」

「そのひとは新八さんといって、私の警護をしてくれることになった。今夜からここに詰めてくれることになった」

「新八さんは間違いないんで?」

伊佐治は確かめた。

「栄次郎さんと親しいお方だ。間違いない」

「そうですか。安心しました」

伊佐治はほっとした。

「おなかさんには話していないのだね」

「ええ、話していません」

「それがいい」

藤右衛門は穏やかな声で言い、

「おまえさんも、私の心配はいらないよ」

「はい」

「どうだ、お子たちは元気かね」

「はい。おかげさまで」

「そうか。じつは伊太郎が生まれたとき、ふたりのために喜ぶ一方、心配したことがあった」

藤右衛門は苦笑しながら、

「でも、それは杞憂《きゆう》だった」

と、言った。

「なんですね、心配したことって」

「おなみのことだ」

「おなみが何か」

「おなみはおなかさんの前の亭主との子だ。おまえさんに自分の子が出来たら、伊太郎ばかり可愛がり、おなみに邪険になるのではないかと勝手に心配したんだ。だが、そんなことはなかった。ふたりを同じように可愛がっている」

「それはそうでございます。ふたりとも、私の子どもです」

伊佐治は力のこもった声で言った。

「うむ。そうだ、そのとおりだ。おなみも伊太郎もおまえさんとおなかさんの子だ。せいぜい、可愛がってやることだ」

ふと、藤右衛門が寂しそうな顔をした。

「旦那。まだ、藤吉さんの行方はわからないんですかえ」

「ああ。どこで何をしているのやら」

藤右衛門は沈んだ声で言う。

「何があったんでしょう」

伊佐治は、親子の間に何があって、激しい亀裂《きれつ》が生じたのか。そのわけを知りたかった。だが、藤右衛門は首を横に振った。

「私にもわからない。ふたりを同じように慈《いつく》しんできたつもりだったが……。自分では気づかないうちにふたりを差別していたのかもしれない」

藤右衛門は自分を責めるように言った。

「旦那に限って差別だなんて」

「いや。藤太郎は嫡男だから、藤吉は次男だから、という思いからふたりには違う接し方をしていたのかもしれない。それが、藤吉には自分は大事にされていないという思い込みを与えてしまったのかもしれない」

「子育ては難しいものですね」

伊佐治はやりきれないように言う。

「おまえさんたちには、私のような失敗をして欲しくない」

「…………」

伊佐治はなんと答えていいかわからなかった。藤右衛門は有徳のひとだ。そんなお方が子どものことで苦労するなんて、と何に向けたらいいのかわからない怒りが込み上げてきた。

その怒りは『和泉屋』を辞去して、神田川沿いの通りを歩いていても続いていた。

そして、怒りの矛先は藤吉に向かった。何不自由ない身に生まれたのに何が不服なのか。親を困らせて、それで満足なのかと。まるで目の前に藤吉がいるかのように怒りをぶつけた。

そして、怒りを鎮めるために川っぷちに寄った。川の水面に芥《あくた》が漂っていた。その芥がまるで猿霞の親分と出会う前までの自分のように思えた。

伊佐治にとってこの世で恩人といえるひとはふたりいた。ひとりは藤右衛門であり、もうひとりが猿霞の親分の嘉六だった。

孤児の伊佐治は十二歳まで浮浪の暮しをしていた。流れのまま、ただ生きているだけだった。藤吉は今、あの芥のように漂っているのか、それともはっきりした生き方をしているのか。

伊佐治が水に浮かぶ芥を見ながら、そんなことを考えていると、背後にひとが近付いて来る気配がして。振り返った。
二十七、八と思える小間物屋がふと立ち止まった。しばらく、顔を見合わせていたが、いきなり踵《きびす》を返した。

「待て」

伊佐治はやっと声を出した。男が立ち止まった。

「哲次《てつじ》か」

伊佐治が言うと、男は振り返った。

「やっぱり伊佐治兄《あに》いか」

哲次は笑みを浮かべた。が、すぐに引っ込めた。

「いけねえ、赤の他人なんだ。すまねえ」

そう言い、哲次は立ち去ろうとした。

「待つんだ」

伊佐治は呼び止めた。

哲次は仕方なさそうに足を止めた。

「少し、痩せたんじゃないか」

伊佐治が声をかける。

「ああ」

「他の連中も江戸に出て来ているのか」

伊佐治はきいた。

「…………」

「来ているんだな。じゃあ、江戸で？」

伊佐治は鋭い声できいた。

「そうだ。伊佐治兄いがいなくなったあと、江戸を離れた。主に街道筋で働いていたけど、また江戸で稼ぐことになった」

「猿霞の親分がそう言ったのか」

「猿霞の親分？　ああ、そうだ」

哲次は一瞬、戸惑ったような顔をした。

「親分はもう江戸ではやらないと言っていたが」

「…………」

「親分は達者なのか」

「兄い」

哲次が思い切ったように顔を向けた。

「猿霞の親分は違うんだ」

「違うって、何が違うんだ？」

「嘉六親分じゃねえ」

「哲次、何を言ってるんだ？」

「だから、猿霞の親分は今は嘉六親分じゃねえんだ」

「どういうことだ？」

伊佐治は問いつめるようにきいた。

「…………」

哲次は言いよどんでいる。

「今は誰が猿霞一味を取り仕切っているのだ？」

「鮫蔵《さめぞう》だ」

「なに、鮫蔵が代を継《つ》いだのか」

「そうだ」

「嘉六親分はまだまだ隠居するような年ではなかったが。まさか、病気では？」

「いや」

「嘉六親分は達者なのか」

伊佐治は不審を抱いた。

「嘉六親分は二年前に死んだ」

「なんだって、親分が死んだ？　どうしてだ？」

「……………」

「哲次、何があったんだ？」

「伊佐治兄い。兄いはもうあっしたちと違う世界にいるんだ。だから、そんなことを知らなくても」

「ばかを言え。俺にとっちゃ、嘉六親分は親父も同然なんだ。何があったか、言うんだ」

「やっぱり、会うんじゃなかった。つい懐かしさに近付いてしまったけど」

哲次は嘆くように言った。

「五年前、兄いが一味を抜けたとき、嘉六親分はこう言った。もう伊佐治は俺たちと縁もゆかりもない。仮に、町で出会っても声をかけちゃならねえ。他人で通せと」

「哲次、嘉六親分はなんで死んだんだ？」

伊佐治は改めてきいた。

「殺された」

「なんだと。誰だ、殺ったのは？」

「兄い。聞かなかったことにしてくれ。兄いはもう関係ないんだ。自分の暮しがあるんだろう。だから、こっちのことは気にかけないでくれ」

「知りたいんだ。誰に殺されたのか」

「知ってどうするんだ？」

「…………」

伊佐治は返答に詰まった。

「俺は嘉六親分がしみじみ言うのを聞いた。伊佐治には堅気になってまっとうな暮しをしてもらいてえと。だから、俺たちとは縁を切らなきゃならねえんだと。伊佐治兄いが去ったあと、親分は寂しそうだった」

「哲次。言うんだ」

伊佐治が強く迫ると、哲次は大きくため息をついた。

「鮫蔵だ。鮫蔵が親分を闇討ちにしたんだ」

「なに、鮫蔵……」

伊佐治は耳を疑った。

「なぜ、鮫蔵が？」

「三島《みしま》の商家に押し入ったとき、鮫蔵兄いは番頭を手にかけてしまったんだ。嘉六親分は鮫蔵兄いをこっぴどく叱った。それからだ。鮫蔵兄いは陰で嘉六親分の悪口を言うようになった。いや、伊佐治兄いがいなくなってから、鮫蔵兄いは嘉六親分を軽んじるようになっていた」

伊佐治は胸をかきむしりたくなるほど怒りが込み上げてきた。

「二年前、浜松《はままつ》で、女のところから帰る途中、親分は何者かに襲われ、匕首《あいくち》で全身を何カ所も刺されて死んだ。下手人は不明ってことだが、鮫蔵兄いの仕業ってことはみんな気づいていた」

「それなのに、誰も何も言わなかったのか」

伊佐治は拳《こぶし》を握りしめた。

「逆らえなかった。それまでに、鮫蔵兄いは他の手下《てした》をほとんど手なずけていたんだ」

「嘉六親分の骨はどこに？」

「浜松の寺にちゃんと納めた」

「そうか」

「伊佐治兄いはもう俺たちと関係ないんだ。今話したことは忘れてくれ。もう二度と会わねえ。じゃあ、達者で」

哲次は走り去って行った。

伊佐治は呆然とした。とうに、嘉六親分が死んでいた……。鮫蔵の冷酷そうな顔が脳裏を掠《かす》めた。

猿霞の嘉六一味で、伊佐治と鮫蔵が番頭格だった。あの頃は、鮫蔵は親分に従順だったが、見せかけだったのか。

「嘉六親分」

伊佐治は空に向かって呼びかけた。

昔の自分だったら、すぐにでも鮫蔵のところに押しかけただろうが、今は堅気の身だ。だが、このままでは気が収まらなかった。

茅町一丁目の『新田屋』に帰ると、店は客で賑わっていた。

伊佐治は客のひとりひとりに挨拶をし、奥に行った。

「お帰りなさい」

おなかが迎えに出た。

「子どもたちは？」

「庭にいます」

伊佐治が濡縁に出ると、小さな庭で、通いの婆さんがおなみと伊太郎といっしょに草木に水をやっていた。

伊佐治はふたりを見つめていると、隣りにおなかが立った。

「伊太郎はお姉ちゃんのあとをくっついて歩いています」

おなかが微笑《ほほえ》みながら言う。

「おまえさん」

おなかの声に、伊佐治はふと我に返った。

「うむ？」

おなかに顔を向ける。

「何かあったのですか。顔色が悪いようですけど」

つい嘉六親分のことを考えていたのだ。

「いや、何もない」

伊佐治はあわてて言う。

「でも」

「ただ、藤右衛門の旦那のことを考えていたんだ。藤吉さんのことだ。家を出たきり、未だに行方がわからない」

伊佐治はとっさに藤右衛門の話題を持ち出した。

「ええ、どうしているんでしょう」

おなかは眉根を寄せた。

「あんないい旦那の子どもなのに、何が不満だったんだろうと、おなみと伊太郎を見ながら考えてしまったんだ」

「なぜなんでしょう？」

おなかは疑問を口にした。

「藤吉さんは常に兄の藤太郎さんと比較されて、いじけていったのかもしれない。周囲の期待も藤太郎さんのほうが大きい。藤吉さんは自分はいなくてもいい男なんだと僻《ひが》んでいったんじゃないだろうか」

「男同士の兄弟ではいろいろあるのかしら」

「いや、そんなこともなかろうが。でも、ふたりを同じように慈しんでいるのだ。うちはだいじょうぶだ」

「そうね」

おなかが頷いたとき、おなみがこっちに顔を向けた。つられたように、伊太郎もこっちを見た。

ふたりともいい笑顔をしていた。

俺には家族を守る使命があるんだ。嘉六親分、なにもしてやれない俺を許してくれ。

伊佐治は心の内で叫んでいた。

三

翌日の昼前、栄次郎は佐賀町にある口入れ稼業の『三隅屋』の暖簾《のれん》をくぐった。

正面の文机の前に、眠そうな顔をした亭主が座っていた。まるで居眠りをしていたかのようだが、細い目が鈍く光った。

「これは矢内さまでしたな」

「ええ、丑松に会って来ました」

栄次郎は相手の目を見つめた。

「お会いになれましたか」

三隅屋は含み笑いをしてきく。

「おや、まだ知らないのですか」

「何がですか」

「丑松のところに行ったら、物言えぬ有り様でした」

「それはどうしたことで」

三隅屋は不思議そうにきく。

「ご亭主は知っていたのではないですか」

「知っていた?」

三隅屋は首を傾げ、

「何をでございますか」

と、きいた。

「丑松が死んでいたことをです」

「死んでいた?」

大仰《おおぎょう》に驚いて、

「ほんとうですか」

と、三隅屋はきき返した。

「ええ、それで、丑松の住まいを教えてくれた同業者にお会いしたいのですが、名前を聞かせていただけますか」

栄次郎は迫るようにきいた。

「同業者の名前は明かすことは出来ないという約束でしたが?」

「しかし、丑松が死んでいたとなれば話は別です」

「いえ、名前は言わないという約束で、お話をしたのです」

三隅屋は突き放すように言った。

「ご亭主は知っていたのでしょう」

栄次郎は同じことをきいた。

「丑松が死んでいたなんて知りませんよ」

「でも、同業者は知っていたかもしれませんね」

「知るはずありません」

「そうですか。同業者は丑松の死をどう思うでしょうかね」

「さあ、あまり関心はないでしょうから」

三隅屋はとぼけている。

「そうですか」

「それより下手人の見当はついているのですか」

「下手人？」

栄次郎はわざと驚いたようにきき返す。

「下手人ってなんです？」

「丑松を殺した……」

途中で、三隅屋ははっとして声を呑んだ。

「私は丑松が死んだとしか言っていません。それなのに、どうして殺されたと思ったのですか」

栄次郎は疑問を口にした。

「それは……」

三隅屋は戸惑いながら、

「矢内さまが執拗にお訊ねになるからです。病気か事故だったら、わざわざ私のところに来なかったでしょうから」

と、答えた。

「それにしては、はじめから殺しがあったと思い込んでいたようですが」

「考え過ぎですよ」

「まあ、いいでしょう。ほんとうに丑松は殺されていました。私が訪ねる一刻（二時間）ほど前に殺されたのです」

栄次郎は三隅屋の顔を凝視し、

「下手人はあえて私に丑松の死体を見つけさせたようです」

と、鋭く言う。

「なんで、そんなことを？」

三隅屋は怪訝そうにきいた。

「丑松の死体を見せて、私の探索を諦めさせるためでしょうか」

栄次郎は想像を述べた。

「いずれにしろ、私には関わりない話で」

三隅屋は逃げようとした。

「丑松は殺しを請け負っていたようです。つまり、殺し屋です」

栄次郎ははっきり口にした。

「殺し屋？」

三隅屋は厳しい顔で、

「どうして殺し屋だと言い切れるのですか」

「丑松はあるひとを背後から襲いかかって殺そうとしました。このひと月の間に、ふたりが喉《のど》を掻き切られて死んでいます。ひとりは芝の職人で、もうひとりは麴町の商家の番頭だそうです。金を奪われていたので辻強盗と思われていましたが、どうやら丑松の疑いが強くなりました」

「…………」

「つまり、丑松が何者かの依頼で、ふたりを殺したということになります。では、丑松はどうやって依頼人を探したのでしょうか」

栄次郎は間をおき、

「疑わしいのは、丑松が殺されている現場に私を導いたあなたの知り合いの同業者です。もっとも、その同業者が存在すればの話ですが」

「…………」

「あなたがその同業者のことを明かさないとなると、あなたに疑いがかかるかもしれません」

「ばかな」

「丑松が殺されたとなると、私がなぜ丑松の住まいに行ったかを同心や親分さんに説明しなければなりません。あなたの名を出さざるを得ないことを、承知おきくださ い」

栄次郎は脅すように言う。

「…………」

「関係なければ、特段、困ることはありますまい。では」

栄次郎は引き上げかけた。

「お待ちを」

三隅屋が呼び止め、

「困ります」

と、顔をしかめた。

「何が困るんですか」

「丑松のことです」

「やはり、何か隠していますね」

栄次郎は鋭く言い、

「三隅屋さん。正直に話していただけますか」

と、催促した。

三隅屋は大きくため息をついてから、

「わかりました。上がってください」

店番を番頭に任せ、三隅屋は栄次郎を客間に通した。

差向いになって、

「仰《おつしや》るとおり、同業者の話は嘘です」

と、三隅屋は打ち明けた。

「じつはきのうひとりの男がやって来て、矢内栄次郎という侍がここに現れ、丑松のことをきくはずだ。だから、いったん追い返し、夕方に来てもらえ。そして、丑松の住まいを教えろと」

「どのような男ですか」

「頭巾をかぶっていましたが、目は大きく、鋭い眼光の男でした」

「頭巾？　私がやって来たとき、頭巾をかぶった男がおりましたが、ひょっとしてその男ですか」

「そうです」

もっとしっかりその男の顔を見ておくのだったと悔やんだ。

「どうして、素直に従ったのですか」

気を取り直して、栄次郎はきいた。

「金です。一両を置いて行ったので」

三隅屋が正直に答えた。

「今の話がほんとうなら、あなたは丑松の殺し屋稼業に手を貸していないということになります。だったら町方に知られても問題はないのでは？」

「その男から自分のことは誰にも言わないようにと、もう一両を……」

三隅屋は小さくなって言い、

「それから、もし喋ったら丑松と同じ目に遭うと脅されたのです。同じ目とはどういうことかときいたら、あとでわかると」

「それで、丑松が死んだと聞いて殺されたのだと思ったのですか」

「そうです」

丑松はこの店の前で浪人に声をかけている。用心棒の口を探している浪人を店の前で待っていたのだろうか。

「ここには浪人が仕事を求めによく来るのですか」

「ええ、浪人さんは多いです」

丑松はそのことを知っていてここの前で待っていたのか。何人かやって来た中で、強そうな浪人に声をかけたのか。もっとも、何人もの浪人が仕事を求めてやって来たのなら、断った浪人もいたかもしれない。

栄次郎にはまだ腑に落ちないことがあった。

なぜ、丑松の口を封じるなら、密かに殺さなかったのか。わざわざ、栄次郎に死体を見つけさせたのはなぜか。

そのことをじっくり考えるために、栄次郎はお秋の家に向かった。

その日の昼下がり、お秋の家に、同心の玉井重四郎と岡っ引きの安蔵がやって来た。

栄次郎が階下に行くと、太くて短い眉を寄せた重四郎が待っていた。

「下手人の見当はつきましたか」

栄次郎が先にきいた。

「いや。近所に聞き込みましたが、不審な人物を見かけた者はいない」

重四郎が答える。

「丑松は何をして生計《たつき》を立てていたのでしょうか」

「鋳掛《いか》け屋のようだ」

重四郎は鋭い目を向け、

「矢内どの。どうもわからないのですよ」

と、口にする。

「何がでしょう」

「なぜ、丑松が浪人を使って矢内どのを襲わせたかです。それより、どうしてあなたは丑松の住まいを知ったんですね」

不審の色を浮かべて、重四郎はきいた。

「一昨日も言いましたように、私を襲った浪人から聞いたのです」

「そこですよ。わからないのは」

　重四郎は顎をさすりながら、

「丑松がなぜ、あなたを殺そうとしたのか。心当たりはないということでしたね」

「あれから考えてみたのですが、一度、丑松らしい男がある商家の旦那ふうの男の背後に近付いて行くのを見たのです。その手に匕首が握られていたので、私はとっさに声をかけたのです。丑松らしい男は動きを止めました」

「丑松はその商家の旦那に襲いかかろうとしたと？」

「そうです。すると丑松は私に襲いかかって来ました。私は丑松を投げ飛ばしたのです。そのあと、丑松は起き上がって逃げて行きました」

「そのときの恨みから浪人を使ってあなたを殺そうとしたというわけですか」

「そうです」

「その狙われた商家の旦那とは誰ですか」

「知りません。騒ぎに、逃げて行きましたから」

「矢内さま。その話、ほんとうなんですかえ」

　安蔵がにやついてきいた。

「ええ」

栄次郎は正直に話していない心苦しさに思わず声が小さくなった。

「そもそも、なんで丑松がひと殺しを？」

重四郎がきいた。

「丑松は殺しを請け負っていた男ではないかと」

「なに、殺し屋？」

重四郎がきき返す。

「そうです」

「どうして、そう思うんですね」

「丑松は背後から襲いかかろうとしました。おそらく、喉を掻き切って殺そうとしたに違いありません。このひと月間で、芝の職人と麴町の商家の番頭が喉を掻き切られて殺されたそうではありませんか。それも丑松の仕業《しわざ》ではないかと」

「なんだと」

「ふたつの殺しのあった現場近くで、額の広い顎の尖った男がうろついていたそうです。当時は関わりないと思われていたようですが」

「旦那」

安蔵が重四郎にきいた。

「そんな殺しがあったんですか」

「あった」

重四郎は答えてから、

「そなた、なぜ、そのことを知っているのだ？」

と、顔つきを変えた。

ますます疑いの眼差しで見つめ、

「そなたは丑松の仲間だ。金の取り分のことでもめて、丑松を殺ったのではないか」

「私を疑う気持ちはわかります」

栄次郎は素直に応じ、

「しかし、私ではありません。芝の職人と麹町の商家の番頭殺しをもっと調べれば、ふたりを殺すことで利を得る者がいるはずです。それぞれの掛かりの同心に確かめてみてください」

「ふたつの殺しを知っているのはおかしい。丑松から聞くしか、そなたがふたつの殺しを知る術《すべ》はない」

重四郎の太くて短い眉の片方がぴくりと動き、

「自身番に御足労願おう。そこで、改めて最初からきく」

と、強い口調で言った。

「芝と麴町の件は、崎田さまからお聞きしました」

栄次郎は孫兵衛の名前を出した。

「崎田さま?」

重四郎は訝《いぶか》しげな表情をした。

「南町の崎田孫兵衛さまです」

「筆頭与力の?」

重四郎は半信半疑の様子で、

「なぜ、崎田さまを知っているのだ?」

と、きいた。

「私からお話しいたします」

お秋が割って入った。

「そなたは?」

「この家の主《あるじ》で、秋と申します」

お秋は重四郎の前に立ち、

「いつも兄がお世話になっています」

と、頭を下げた。

「おかみさん、兄とは誰のことですかえ」

安蔵がきいた。

「崎田孫兵衛です。私は孫兵衛の異母兄妹《きょうだい》です」

「………」

重四郎が面食らったようにしきりに手を顔にやったりしてから、

「ほんとうに崎田さまかどうか……」

と、呟《つぶや》く。

「あっ」

突然、安蔵が声を上げた。

「旦那。崎田さまに腹違いの妹がいて、浅草黒船町に住んでいると、こっちを縄張りにしている岡っ引きから聞いたことがあります」

「………」

重四郎は言葉に詰まっていた。

「今夜、来る予定ではありませんが、使いをやって来るように伝えますが」

お秋が言う。

「お秋さんの縁で、私は崎田さまと親しくさせていただいています。どうか、崎田さまに私のことを……」

「いや」

重四郎は首を横に振り、

「それには及ばぬ。事情がわかればいいのだ。矢内どの、失礼つかまつった」

と会釈をして、引き上げた。

安蔵もあわてて頭を下げて重四郎のあとを追った。

「お秋さん、助かりました」

「いえ。でも、旦那のご威光ってたいしたものなのね。ここでは鼻の下の長い、ただの酔っぱらいとしか思えないけど」

お秋がくすりと笑った。

「南町では第一のお方ですよ。お奉行だって崎田さまがいなければ何も出来ないようですから」

栄次郎は孫兵衛を讃《たた》えたが、確かにここで見る孫兵衛には威厳も何も感じられない。

それだけお秋の前では、厳しいお役目から解放されて、くつろぐことが出来るのだろう。

栄次郎は二階の部屋に戻った。

窓辺に立ち、大川に目をやる。波は穏やかだ。

敵の動きは何事にも素早い。藤右衛門の襲撃に失敗した翌日には浪人を使い栄次郎を襲った。

そして、それに失敗するや、すぐに次の行動に打って出ている。

浪人が『三隅屋』の前で丑松に声をかけられたと栄次郎に話したのを知って、丑松を生かしておいては拙《まず》いと思ったのだろう。その翌日には敵の仲間が『三隅屋』に現れ、栄次郎がやって来ることを予期して、夜に丑松の住まいがある霊岸島の大川端町に行くように仕向けた。

問題はなぜ、栄次郎に丑松の死体を見つけさせたのかだ。

『三隅屋』に現れた男は頭巾をかぶった商家の番頭ふうの男だった。その男はあくまでも栄次郎を霊岸島の大川端町に誘い込む役割だ。

なぜ、そこまでしなければならなかったのか。やはり、丑松の藤右衛門襲撃を邪魔した栄次郎への挑戦だ。

藤右衛門を必ず殺すという宣言だ。殺し屋が控えていると知らしめているのだ。改めて、見えない敵に無気味さを覚えた。

四

伊佐治は店番を手代に任せ、羽織を着て、おなかに声をかけた。

「では、行って来る」

「おまえさん、気をつけて」

おなかは伊佐治の背中に声をかけた。おなみと伊太郎は手習いの師匠のところに行っている。

伊佐治は浅草御門を抜け、浜町堀《はまちようぼり》に面した日本橋《にほんばし》橘町《たちばなちよう》にやって来た。小商いの店が並ぶ通りを曲がったところに、錺《かざり》職人の親方千蔵《せんぞう》の家があった。

戸を開けて土間に入る。板敷きの間《ま》に、千蔵と弟子が五人いて、みなそれぞれ鑿《のみ》や金槌《かなづち》を手に体を丸めて一心不乱に作業をしていた。

「伊佐治さん、いらっしゃい」

千蔵の妻女が出て来た。

「お邪魔します」

伊佐治は大きな声で挨拶をしたが、千蔵は作業に集中をしている。

「すみませんね。もう少しで休みになりますので」

「早く来過ぎたのです」

伊佐治は上がり框に腰を下ろし、煙草入《たばこ》れを取り出した。妻女が煙草盆を出した。

「すみません」

伊佐治は煙管《きせる》に刻みを詰め、煙草盆から火をつけた。

煙を吐いてから、

「親方はまだいい返事をくれないでしょうね」

と、伊佐治はきいた。

「ええ。申し訳ありません。頑固ですから」

「名のある職人さんはみな一徹です。それでなくてはいいものは出来やしません」

伊佐治は頷《うなず》きながら言う。

灰を灰吹《はいふき》に落とし、新しく刻みを詰めた。また、火をつけて吸いはじめたとき、親方が鑿《のみ》を置いた。それが合図だったかのように、弟子たちも台を覗き込んでいた顔を上げた。

伊佐治は詰めたばかりの刻みだが、雁首《がんくび》を叩いて煙管を仕舞い、

「親方。お邪魔しています」

と、声をかけた。

「おまえさんか」

千蔵は顔を向け、

「何度来ても無駄だぜ。俺は客の直《じか》の注文しか受けねんだ。同じような簪《かんざし》を大量に作って安く売る、そんな仕事はしねぇ」

と、突き放すように言う。

「親方。安物を大量にではありません。千蔵親方の作品だとひと目でわかるような簪を少し多目に作るってことです。いいものを多くのひとに使ってもらいたいんです」

「他を当たってくれ」

「いえ。親方のでなければいけません」

「無理だ」

千蔵はにべもなく言う。

伊佐治は立ち上がった。

「また、参ります」

「何度来てもらってもだめなものはだめだ」

「いえ、また参ります。おかみさん、お邪魔しました」

伊佐治は親方の家を出た。

これからは、問屋から仕入れたものを売るだけではなく、『新田屋』独自の品物を扱うようにしないと、大きく飛躍出来ないと思っている。

その中で、千蔵の作った簪を考えたのだ。簪の図柄や彫り方で千蔵の作品だとわかるものを売り出したいのだ。

狙いをわかってもらうまで、焦らず通うつもりだ。伊佐治は来た道を戻った。ふと、目の前を小間物の荷を背負った男が横切った。

伊佐治ははっとした。だが、哲次ではなかった。

あえて考えないようにしていたが、嘉六親分のことを思い出した。以前の俺だったら、鮫蔵を絶対に許しておかなかった。

だが、今の俺には守っていかねばならぬ家族がいるのだ。昔の俺ではないのだと、自分に言い聞かせた。

そうは思っても、嘉六は恩人なのだ。

伊佐治は深川の冬木町《ふゆきちょう》に住んでいた。だが、流行《はや》り病で、ふた親があっけなく死んだ。まだ五歳だった伊佐治は本所石原町《ほんじょいしわらちょう》にあるおふくろの兄の家に引き取られた。

そこには同じぐらいの年齢の兄弟がいた。伊佐治はその家の子どもとして引き取られたのではなく、召使《めしつかい》のようにこき使われた。朝早く起こされて掃除からはじまり、買い物や洗濯などもさせられた。飯も満足に食わせてもらえなかった。

一度、そこの兄弟と喧嘩になり、ふたりをやっつけてやった。すると、養父母は乱暴者だと罵《のの》り、飯も食わせてもらえなかった。

十歳のとき、その家から金を盗んで飛び出し、本郷に逃げた。そして、空き家や寺の納屋とかを転々とし、置き引きなどをして金を稼ぎ、ひとりで暮らしていた。

十二歳のとき、伊佐治は金を持っていそうな男に狙いを定め、隙を窺いながらあとを尾《つ》けた。

相手は商家の旦那ふうで、風呂敷包を持っていた。それをひったくって金に替えるつもりだった。

神楽坂《かぐらざか》の途中で、その男に向かって突進したとき、目の前に現れた男がいた。細身の、渋い感じの男だった。

「やめておけ」

男は言った。

「邪魔するな」

伊佐治は怒鳴った。

するど、岡っ引きが近付いて来て、

「どうしたんだ？」

と、声をかけた。

「いえ、なんでもありません。こいつがあっしの言うことをきかないので叱っていたところです」

「おまえさんの連れか」

「はい。私の兄の子です」

「ずいぶん、きたねえな。まるで物乞いだ」

岡っ引きは顔をしかめた。

「へえ、だから叱っていたところです」

「そうか」

岡っ引きはじろじろと伊佐治を見た。

「親分さん、何かあったんですかえ」

男が声をかける。

「近頃、引ったくりが横行しているんだ」

そう言い、また岡っ引きは伊佐治を見た。

伊佐治は思わず俯《うつむ》いた。

「それは物騒で」

男が言う。

「なあに、すぐ捕まえてやる」

そう言い、岡っ引きはそのまま去って行った。

「岡っ引きが歩いて来たのに気づかなかったのか」

男がきいた。

「ぜんぜん……」

伊佐治は肝《きも》を潰《つぶ》しながら答えた。

「おまえの名は?」

「伊佐治だ」

「伊佐治か。どこに住んでいる?」

「決まっていない。空き家があれば、そこに入り、あとは寺の納屋などだ」

「ひとりか」

「そうだ」

「いつからそんな暮しをしているんだ？」

「二年だ」

「二年もそんな暮しを……」

男はいたましそうな顔をした。

「その前の五年間に比べたら極楽だ」

「どこにいたのだ？」

「親が死んで、五歳のときに親戚に引き取られた」

伊佐治は悔しそうに、そのときの暮しを話した。

「酷《ひど》い話だ」

男は吐き捨ててから、

「俺のところに来い」

と、言った。

「おじさんのところに？」

「そうだ。ふとんに寝かせてやる、うまいものを食わせてやる」

「ほんとうか」

「ああ」

「どこ？」

「本郷菊坂町だ」

「行く」

「荷物はとって来なくていいのか」

「そんなものねえ」

「そうか。よし、じゃあ、行こう」

「おじさんの名は？」

「俺は嘉六だ」

それから菊坂町の嘉六の家にやって来た。一軒家だった。

格子戸を開け、嘉六は土間に入った。

「遠慮するな」

戸口に立っている伊佐治を招いた。

伊佐治は土間に入った。

奥から婆さんが出て来た。

「おきんさん。こいつ今日からここで暮らすことになった伊佐治だ。すまねえが、盥《たらい》にお湯を溜めてくれねえか。こいつ、臭うんだ」

「ほんと」

婆さんは顔をしかめ、

「ちょっと裏にまわってもらおうかね」

と、言った。

伊佐治は頭を洗い、体を拭き、気持ちもさっぱりして部屋に上がった。着物は嘉六のもので少し引きずった。

「おきんさん、着物を買って来てやってくれ」

「わかりました。あとで、行って来ます」

「それから何か作ってやってくれ。さっきから腹の虫が鳴いているんだ」

嘉六は苦笑した。

婆さんは立ち上がって台所に行った。

「この家には他に誰が？」

伊佐治はきいた。

「おきんさんは通いだ。だから、夜は俺だけだ。だから、気兼ねはいらねえ」

それから、五年前まで二十年間、伊佐治は嘉六とともに暮らしてきたのだ。

最初は、嘉六が何をしているかわからなかった。ときたま夜出かけて、明け方に帰って来た。吉原《よしわら》にでも行っているのかと思っていたが、そうではなかったことを知ったのは半年近く経ってからだった。

嘉六は猿霞の嘉六と呼ばれた、ひとり働きの盗人だったのだ。

「気づかれたか」

嘉六は含み笑いをして言った。

「だが、俺は豪商や武家屋敷しか狙わねえ」

「俺にもやらせてくれ」

「まだ、早い。そのうちにな。その前に、おめえに武道を教える」

そして、毎日、庭で柔術の稽古をした。それから、嘉六は伊佐治を剣術道場にも通わせた。

伊佐治は十七歳のとき、はじめて嘉六といっしょに大名屋敷に忍び込んだ。その後、場数《ばかず》を踏み、伊佐治は一端《いっぱし》の盗人になっていた。

いつしか嘉六のもとにひとが集まるようになった。罪に手を染めそうな男や伊佐治のような孤児の面倒をみた。

鮫蔵は賭場《とば》で問題を起こし、簀巻《すま》きにされて大川《おおかわ》に投げ込まれようとしたのを嘉六が助けたのだ。

それからは嘉六の子分になり、伊佐治とともに嘉六を支えたのだ。

猿霞の嘉六を慕ってやって来た男もいて、いつしか、嘉六の子分は十人にもなった。

一年を江戸で過ごしたら、三年は他で仕事をする。猿霞一味は東海道の各宿場を働き場にした。

猿霞一味には掟《おきて》があった。もっとも大切なことが、押込み時に絶対にひとに危害を加えないということだった。

そして、もうひとつの大きなことが惚れた女が出来たら一味を抜けることだった。

そして、一味を抜けたら必ず堅気にならねばならない。そして、一味を抜けた者とは赤の他人になる。たとえ、町中でばったり会っても声を掛け合ってはならない。

嘉六はこういう掟を作った。

そして、五年前のことだ。江戸での最後の仕事をするために、伊佐治は小間物屋に扮して狙う商家を探した。伊佐治が目をつけたのは池之端仲町にある紙問屋だった。

何度目かの下調べに向かう途中に通りかかった神田佐久間町で、おなかが借金の取り立て屋に連れて行かれるところに出くわしのだ。

金が返せなければ、女房を女郎屋に売ってでも返すという亭主の証文を盾《たて》に、男たちはおなかを女郎屋に売り飛ばそうとしていた。

返す金は二十両。その金はちょうど持っていたので、肩代わりすることにした。実際に肩代わりしてくれたのはあとから登場した藤右衛門だったが、いちおうおなかの難は去った。

しかし、その後の母娘《おやこ》の暮らし向きを考えて、その手助けをしようと、おなかの長屋を訪ねた。その部屋の片隅にある文机の上に亭主の位牌を見た瞬間、伊佐治は胸が締めつけられそうになった。

それから、たびたびおなかの長屋を訪ねるうちに、おなみも伊佐治になつくようになり、急速にふたりの仲が縮まった。

だが、小間物屋というのは偽装で、伊佐治は猿霞一味であることを隠しており、それ以上の深入りを避けようとした。だが、気持ちとは別に、おなかへの思いはますます強まっていった。

そして、ある夜、猿霞一味は伊佐治が狙いを定めた池之端仲町にある大店《おおだな》に押し入り、誰にも怪我を負わせずに千両箱を盗み出した。

隠れ家に集結した夜、一同を前に嘉六は、

「みな、ごくろうだった。無事に終わった」

と、みなをねぎらったあと、続けて言った。

「これで、江戸を離れる。ひと月後に、掛川《かけがわ》城下の隠れ家で落ち合おう」

「へい」

と、鮫蔵が大きな声で返事をしたが、伊佐治は声が出なかった。

それから、嘉六は全員に五十両ずつ分け前を与え、

「残りはいつものように俺が預かる」

と、言った。

誰も文句を言う者はいなかった。

散会になったあと、嘉六が伊佐治を呼び止めた。

「どうした、元気がねえな」

「いえ、そんなことは……」

「伊佐治、俺の目は節穴じゃねえ。おめえと何年もいっしょに暮らしてきたんだ。おめえが何を悩んでいるか、気づかねえと思っているのか」

「えっ？」

「おなかって女のことだろう」

「おかしら……」

伊佐治は息が詰まりそうになった。

「驚くことはねえ。あの女と子どもを残して江戸を離れられねえんだろう」

「……………」

「おめえ、幾つになる？」

「三十二です」

「そうか。もう、そんなになるのか。じゃあ、二十年か」

「へえ、おかしらに助けていただいたのは十二のときでした」

「今まで、よく俺を助けてきてくれた」

嘉六は頭を下げた。

「おかしら。変な言い方、よしてくださいな。これからだって、あっしはおかしらのために働くつもりですぜ」

伊佐治はあわてて言う。

「伊佐治、おなかとはどうなんだ？」

「あの女はたまたま助けてやった縁でつきあっているだけですぜ」

「伊佐治、俺の目は節穴じゃねえと言ったはずだ。正直に言うんだ。おなかをどう思っているんだ？」

「はじめて……」

伊佐治は言いよどんだが、

「女に対してこんな気持ちになったのははじめてです」

と、思い切って口にした。

「おなかのほうはどうなんだ？」

「あっしを頼りにしてくれています。でも、所詮《しょせん》、あっしとあの女とでは住む世界が違います」

伊佐治は喘《あえ》ぐように言う。

おなかは俺には大事な女だ。おなかとおなみを守ってやりたい。だが、俺には嘉六親分から離れることは出来ない。

「もういいだろう」

嘉六が微笑んだ。

「えっ？」

「赤の他人だった俺とおめえが二十年もいっしょに暮らせたなんて奇跡かもしれねえ。だが、そろそろ、おめえも俺から巣立っていく頃に来ているんだ」

「おかしら。何を仰るんですかえ。あっしはいつまでもおかしらといっしょです。おかしらの死に水をとるのはあっししかいねえと思っています」

「その気持ちはありがてえが、俺にはおめえが仕合わせになってくれるほうがうれしいんだ。伊佐治、一味を脱《ぬ》けるんだ」

「脱ける？　冗談でしょう」

「伊佐治、よく聞け」

嘉六は厳しい顔になった。

「おめえと初めて出会い、そしておめえの面倒をみることになったが、俺は盗人だ。おめえを仲間にしてしまったが、いつしか堅気になり、まっとうな暮しをしてもらいたい。いや、そうさせるのが俺の務めだと思っていたのだ。今、俺の願いが叶おうとしているんだ。俺にはおめえが堅気になっておなかって女といっしょになってくれることこそ本望なんだ。いいな、伊佐治。もうおめえとはおかしらでも子分でもねえ。今日限りの縁切りだ」

「…………」

伊佐治は言葉を失っていた。

嘉六は立ち上がり、部屋を出て行き、すぐに戻って来た。

「伊佐治。ここに五百両ある。これはおめぇの稼ぎを貯めておいたものだ。これで、店を持ち、おなかさんと仲良く暮らすんだ」

「おかしら」

「他の者には、俺から話しておく。いいか、猿霞一味の掟だ。一味を離れた者は赤の他人だ。たとえ、道ですれ違っても口をきいちゃならねえ。いいか、他の者にもそれを言い含めておく。俺だって、おめえと出会っても無視をする。今日限り、俺のことも一味の者のことも忘れるんだ」

「あまりにも急過ぎる」

「未練を残すんじゃねえ。きっぱり足を洗うにはそれが一番いいんだ。ちょうど、俺たちは江戸を離れる。何年かあとに、江戸で暴れるかもしれねえが、おめえとは無縁のことだ」

「おかしら」

「さあ、この金を持って行け。俺も二、三日のうちには江戸を発《た》つ。もう二度と会うことはあるめえ。伊佐治、達者でな」

「おかしら。もし、おかしらが隠居をしたら、俺のところに来てくれ。おなかといっしょに暮らしたい」

伊佐治は訴えた。

「その気持ちをありがたく受け取っておく、行くんだ」

「おかしら。でも、こんな別れでいいんですかえ」

「これでいいんだ。未練を残さずにな」

嘉六は厳しい顔で言う。

「おかしら、すまねえ。おかしらのことは生涯忘れねえ」

「忘れるんだ。行け」

「へい」

金の入った包みを持ち、伊佐治は腰を上げた。

部屋を出るとき、伊佐治は振り返った。

嘉六が目に手を当て、涙を拭ったのを見た。


伊佐治にはあのときの嘉六が涙を拭った姿が脳裏に焼きついている。

さっきの小間物屋は柳原通《やなぎわらどお》りに消えて行った。哲次は小間物屋のなりをして狙う商家を物色《ぶっしょく》しているのだろう。

哲次が伊佐治を見かけて近付いて来たのも、あわてて立ち去ろうとした哲次を伊佐治が呼び止めたことも掟破りだ。

嘉六が鮫蔵に殺されたことはほんとうだろう。哲次が嘘をつくとは思えないし、嘘をつく理由もない。

ふたりの間に何があったのか。伊佐治は知りたいという欲求は強い。だが、五年前、嘉六は一味を去る伊佐治に、縁を切れと言ったのだ。

伊佐治にはおなかがいて、おなみと伊太郎という子どもがいる。嘉六のことも忘れなければならない。それが嘉六の願いでもあった。

ここで鮫蔵に復讐をし、伊佐治がお縄になったら、おなかや子どもたちはどうなるのか。嘉六のことは忘れるのだ。哲次のことも、猿霞一味が江戸に来ていることも一切頭から追い払うのだ。

そう自分自身に言い聞かせながら、伊佐治は浅草御門を抜けて、茅町一丁目の『新田屋』に帰った。

五

翌日の昼過ぎ、栄次郎は霊岸島の大川端町にやって来た。

丑松の家は戸が閉まっていた。栄次郎は隣りの荒物屋に寄り、店番のちんまりした顔の主人に声をかけた。

「すいません、また、お隣りのことでお伺いしたいのですが」

「おや、この前のお侍さん」

男は目を見開き、

「殺された男のことですね」

と、立ち上がってそばに来た。

「お侍さんが、殺されたのを見つけたそうですね。どんな感じで死んでいたんですか」

案外と主人は話好きのようだった。

「肩を斬られていました」

「お侍さんの知り合いですか」

「いえ、違います」

「まだ、下手人はわからないそうですね」

主人はきいた。

「ええ、まだのようです」

「私も同心の旦那や親分さんからさんざんきかれましたよ。殺された時刻、隣りの家に入って行く怪しい人影を見なかったかとね」

主人はうれしそうに話す。

「見ていたんですか」

「見ちゃ、いませんよ。もし、見ていたら、私も殺されてしまったかもしれません」

「悲鳴とか争う声なんか聞いてませんか」

「同心の旦那にも話しましたが、何も聞こえませんでした。あの日は夕方から暗くなるまで店番をしていましたが気がつきませんでした」

「ここからでは隣りに誰が来たかどうかはわかりませんね」

「でも、戸が開く音は聞こえます。だから、誰かが出入りしたことは気づきます」

「下手人はいつ家に入ったのでしょうね」

「もしかしたら、裏口かな」

主人は首を傾げた。

「戸の開け閉めの音は聞こえるということですが、お客さんの相手をしていたら気づかないんじゃないですか」

「まあ、確かに。でも、問題の時刻は客が来ませんでしたから」

「そうですか。昼間はどうですか。隣りの戸は？」

「昼間は音を聞きました」

「何刻頃でしょうか」

「八つ半（午後三時）過ぎでしたか」

「その時分に誰かが隣りに入って行ったのですね」

「そうですね」

「それは丑松さんが帰って来たかのかもしれませんね」

「いや、違う」

「違うとは？」

「もしかしたら、あの浪人かもしれない」

「どういうことですか」

「八つ半過ぎに、この店の前を編笠をかぶったお侍が通ったんです。それからすぐ戸の開く音がしたんです。そうか、今から考えると、あの浪人かも」

「どんな感じでしたか」

「いえ、ちらっとしか見ていません。仙台袴《せんだいばかま》を穿《は》いて編笠をかぶったお侍というだけで。たぶん、浪人でしょう」

下手人は早く来ていたのかもしれない。丑松とは顔見知りだ。油断しているところを斬ったのだ。裏口から出て行けば、この主人も気づかないだろう。

「その侍のことは同心や親分さんには？」

「今、思い出したんですから話していません」

「そうですか。じゃあ、今度、話したほうがいいでしょう」

「わかりました」

「それから、隣りに二十歳前の男が出入りをしていたかどうかわかりませんか」

栄次郎は藤吉のことを確かめた。

「さあ。ときたま、ひとが訪ねて来たようですが、顔を見てませんので」

「いつごろから住んでいたんでしょうか」

「二カ月ぐらい前です」

「そうですか。お邪魔しました」

仙台袴に編笠の侍が丑松を斬ったのだ。ふたりは面識があったのだろう。丑松はまさか自分が斬られるとは想像もしていなかったに違いない。

いったい、その浪人は何者なのか。新たに殺しを依頼された者か。だとしたら、引き続き、その浪人が藤右衛門を襲うかもしれない。

栄次郎は霊岸島から浜町堀を経て、筋違御門《すじかいごもん》を抜けて、神田旅籠町にやって来た。

『和泉屋』に入り、手代に新八を呼んでもらった。

店先で待っていると、新八がやって来た。商家の奉公人らしいなりになっている。

「少し出られませんか」

「ええ、だいじょうぶです。ちょっと藤右衛門さんに断ってきます」

「じゃあ、神田明神の境内で待っています」

「わかりました」

栄次郎は神田明神に向かった。

参道にひとは多く、水茶屋も客でいっぱいだった。栄次郎は人気《ひとけ》のない場所を探し、拝殿の脇の植込みの近くで待った。

しばらくして、新八がやって来た。

「おそくなりました」

「だいじょうぶでしたか」

「ええ、藤右衛門さんは来客があって客間に入ったので、出て来ました」

「客はどなたですか」

「旗本の大河内主水さまのご家来です。用人どのだそうです」

　会のときも来ていた鬢《びん》に白いものが目立つ侍を思い出した。

「『和泉屋』は大河内さまの引きで、他の旗本屋敷への出入りも許されたそうですね。いちおう、藤右衛門さんの親しい客でも、どういう関係かをきいておこうと思って。そこまではやりすぎかとも思ったのですが」

「いえ、ぜひ、そうなさってください。というのも、藤右衛門さんを殺そうとしている者は、『和泉屋』の内部に通じているような気がしてならないのです」

「内部の者でしょうか。たとえば、親戚とか」

「ええ、念のためですが、親戚の中に藤右衛門さんのことを面白く思っていない者もいるかもしれません。あるいは、『和泉屋』に出入りをしている者もしかり」

　栄次郎は顔をしかめ、

「ただ、藤右衛門さんを心の中で憎んでいるだけで、表向きは従順を装っている者かもしれません。そういう者が殺し屋を雇っているとなると、殺し屋を捕まえて白状させないと真の敵は洗い出せないでしょう」

「藤吉さんが背後にいるのではと、藤右衛門さんは気にしていましたが？」

「ええ。確かに、丑松は庭に藤吉さんが来ていると言って藤右衛門さんを庭に誘き出しました。でも、丑松の周辺からは藤吉さんらしい男の影は見出《みいだ》せません。やはり、『和泉屋』の事情に詳しい者が、丑松に入れ知恵したものと思えます。ただ、まったく藤吉さんは無関係だと言い切れる証《あかし》はないので」

「そうですか。ところが、その後、外出しても不審な人物は現れません。鳴りを潜《ひそ》めています」

新八は首を傾げ、

「しばらく間をおき、油断させる魂胆なのでしょうか」

と、口にする。

「じつは、丑松が殺された件ですが、浪人が丑松の家を訪れているようです。おそらく、その浪人の仕業ではないかと思えるのです」

「浪人ですか」

「新たな殺し屋かもしれません。丑松を殺し、さらに藤右衛門さんを襲うつもりかもしれません。外出のときは浪人に気をつけてください」

「わかりました」

「すぐに襲いかかって来ないのは、隙がつかめないからかもしれません。少しでも隙を見せたら一気呵成《いっきかせい》に襲って来るかもしれません」

「十分に気をつけます」

新八は厳しい顔で応じてから、

「ところで、栄之進さまのほうはだいじょうぶなんでしょうか」

と、御徒目付の手先としての役目を心配した。

「それはだいじょうぶです」

栄次郎は安心させた。

「わかりました」

「新八さん」

栄次郎は迷いながら、

「ちょっとお伺いしたいことがあるのですが」

「なんでしょう」

「いつぞや、所帯を持ってもいいという女のひとがおりましたね」

「そのことですか」

新八は表情を曇らせた。

「すみません。よけいなことをおききしてしまいましたか」

栄次郎は心配そうにきいた。

「いえ。じつは別れました」

「なぜですか」

「所詮、合わなかったんです」

「でも、ずいぶん気に入っているようでしたが。ひょっとして、新八さんは自分の身分を考えて……」

御徒目付の手先という仕事では所帯を持ってちゃんと食わせていけないと思ったのか。それとも相手が身分に不安を覚えて去って行ったのか。

それ以上は踏み込まないで、

「じつは兄がいつまでも手先のような不安定な仕事をさせておくわけにはいかないと言っているんです」

「栄之進さまが?」

「ええ」

「あっしは手先がいやだと思ったことはありません。盗人として手配されたときに助けてくださった恩もあります」

「そんな恩なんて考えないでください」

栄次郎はそう言ったあと、

「今の件が片づいたら、また改めてお話があるのですが」

「わかりました、では、あっしはそろそろ」

そう言い、新八は『和泉屋』に戻って行った。


その夜、栄次郎はお秋の家で、崎田孫兵衛と会った。

孫兵衛はいつものように長火鉢の前でくつろいでいる。

「そなたの言うように、芝の職人と麴町の商家の番頭殺しは丑松の仕業と考えられるという報告があった」

「依頼人はわからないのですか」

栄次郎はきいた。

「まだだ。ただ、芝の職人は親方の娘の壻《むこ》になる予定だったそうだ。そのあたりに何かありそうだ」

「なるほど。殺された男は壻になれば、当然親方の跡継ぎというわけですね」

「そうだ。麴町の番頭殺しも陰で利を得ている者がいるのだろう。今、そういう目で調べ直しているということだ」

「わかりました」

「肝心の丑松殺しはまだ手掛かりは摑めぬようだ」

「さっき、丑松の隣家で聞いたのですが、殺しのあった時刻の半刻（一時間）以上前に浪人が丑松の家に入った形跡があったそうです。その浪人が下手人かと思われますが、正体はわかりません」

「そうか」

そう言ったあとで、

「そんな話は止《や》めよう。酒がまずくなる」

と、孫兵衛は強引に打ち切った。

「わかりました」

栄次郎が素直に応じたのは別の話があったからだ。

酒を呑みはじめてから、

「崎田さま」

と、栄次郎は声をかけた。

酒を呷《あお》ってから、孫兵衛は顔を向けた。

「新八さんをご存じでしょうか」

栄次郎は切り出す。

「新八？　確か、そなたの兄の手下の？」

「はい。そうです」

「何度か見かけた程度だ。だが、そなたから噂は聞いている。新八がどうした？」

「兄が、新八さんをいつまでも御徒目付の手先にしておくのは忍びないと。別の道がないかと考えています」

「うむ」

「新八さんは器用ですから、何をしてもうまくいくと思うのですが、私から見て岡っ引きに向いているのではないかと思います。探索の才だけでなく、町の衆に寄り添った岡っ引きになるのではないかと」

「つまり、誰かから手札を与えられないかということか」

孫兵衛は睨むように見た。

「はい。そのとおりでして」

「旦那」

お秋が口をはさんだ。

「私は新八さんを知ってますけど、あのひとならいい親分になりますよ」

「そうだな」

孫兵衛は頷き、

「考えておこう」

と、言った。

「ほんとうですよ」

お秋が念を押す。

「任しておけ」

孫兵衛は請け合った。

「お秋さん、ありがとう」

栄次郎はお秋に目顔で言う。

「栄次郎どの、その代わり、今夜は最後まで酒の相手をしろ」

孫兵衛が豪放に言う。

「わかりました」

今夜はつきあおうと、栄次郎は思った。

第三章　すれ違った男

一

数日後、栄次郎は神田旅籠町の『和泉屋』に行った。

藤右衛門が出て来て、

「栄次郎さん、ちょうどよいところに」

と、安心したように言う。

「どうしたんですか」

「昨夜、寄合で会った同業者が、芝の神明宮《しんめいぐう》で、藤吉らしい男を見かけたと教えてくれたのです」

「芝の神明宮ですか」

「お参りのあと、鳥居を出ようとして目の前を横切った若い男が藤吉に似ていたと」

「その同業のひとは藤吉さんのことをご存じなのですか」

「ええ、こういう話はすぐに広まってしまいます」

「そうですか。わかりました。すぐ行ってみます」

栄次郎が応えたとき、

「ちょっといいですかえ」

と、新八が口をはさんだ。

「神明宮周辺を聞き込むならお侍さんよりあっしのほうがいいと思います。お侍さんだと、相手も構えてしまうかもしれません」

「でも、新八さんには藤右衛門さんのそばにいてもらわないと」

栄次郎が異を唱えたが、

「きょうは旦那は外出の予定はないそうです。外出しなければ、襲われる心配はないと思います」

丑松を殺した浪人が新たな殺し屋だとしたら、なぜ鳴りを潜《ひそ》めているのか。外出中も隙がなく、襲えなかったのか。

「藤右衛門さんはいかがですか」

栄次郎は確かめた。

「きょうは外出の予定はありませんから、新八さんが言うように心配はありません」

「では、新八さんにお願いしましょうか」

確かに、自分より新八のほうが聞き込みには長《た》けているかもしれない。

「わかりました」

新八が応え、

「旦那。ひょっとして帰りは夜になるかもしれませんが」

「わかった。新八さん、頼みます」

藤右衛門が頭を下げた。

「では、さっそく行ってきます」

「途中までいっしょしましょう」

栄次郎は新八とともに『和泉屋』を出た。もう一度、霊岸島の大川端町に行ってみるつもりだった。

筋違御門を抜けて八辻ヶ原《やつじがはら》を突っ切りながら、

「新八さん。芝に行ったついでに、一カ月前に喉《のど》を掻き切られて死んだ職人のことを調べてみてくれませんか」

「どこの何ていう職人なんですか」

「すみません。聞いていないんです。新八さんが芝に行くならと、今思いついただけなんです」

「なあに、殺しがあったってことならすぐ調べられます」

須田町《すだちょう》から本町《ほんちょう》に差しかかった。奉行所の同心が本町通りに駆けて行った。

「何かあったんですかね」

新八が言う。

「行ってみましょう」

本町通りをしばらく行くと、前方でひとだかりがしていた。

「やはり、何かあったようですね。同心と岡っ引きもいますぜ」

近付いて行くと、木綿《もめん》問屋『近江屋《おうみや》』の前だ。三十過ぎと思える色白の同心と五十年配の岡っ引きが『近江屋』の潜《くぐ》り戸を入って行った。

「何があったんですかえ」

遠巻きにしている野次馬のひとりに、新八がきいた。

「押込みだ」

職人らしい男が答えた。

「押込み？」

「なんでも主人夫婦と奉公人がひとり殺されたらしい」

「なんと酷い」

新八は吐き捨てた。

あわただしく同心や与力が出入りしている。

「ここしばらく押込みはなかったようですが……」

栄次郎は呟く。

背後から野次馬を蹴散らすように怒鳴りながら数人の侍がやって来た。みながっしりした体で、鋭い顔付きの者ばかりだった。

「火盗《かとう》改《あらた》めのようです。新八さん、行きましょうか」

「ええ」

ひとの群れから離れ、新八が言った。

「それじゃ、あっしは芝へ」

「お願いします」

新八と別れ、栄次郎は大伝馬《おおでん》町《まちょう》のほうに向かいかけたとき、野次馬の中から出て来た男を見た。深刻そうな顔付きだ。

栄次郎は足早になってそばに行き、

「伊佐治さん」

と、声をかけた。

伊佐治はびくっとしたように顔を向けた。厳しい表情だったが、栄次郎に気づくと、急に顔付きが穏やかになった。

「これは矢内さま」

伊佐治は会釈をした。

「伊佐治さん、どうしてここに?」

栄次郎はきいた。

「はい。日本橋橘町に錺《かざり》職人の千蔵親方の家がございます。そこを訪ねたところ、小間物問屋から帰って来た若い職人が押込みがあったそうだと言うので、つい野次馬根性で見に……」

伊佐治は苦笑したが、それが作り笑いのような気がした。

「私はたまたま通りかかったのですが、伊佐治さんはだいぶ前からいたのですか」

「だいぶ前ではありませんが」

「主人夫婦と奉公人が殺されたそうですね」

「ええ、残虐な連中です。どんな一味か……」

伊佐治は唇を噛んだが、手の指先が怒りからか震えていた。

「あっ、失礼しました」

はっと我に返ったように、伊佐治は頭を下げたが、

「その後、藤右衛門の旦那に変わったことはありませんか」

と、心配そうにきいた。

「不思議なことに何もありません」

「そうですか。新八というお方が警護についているから賊は近付けないのでしょうか」

「そもそも、襲撃を中断しているようです。襲うのを諦めたわけではありません。だから警戒を続けます」

「私にとっては藤右衛門の旦那は恩人なんです。どうか旦那をお守りください」

「恩人？」

「うちの奴と所帯を持てたのも旦那のおかげなんです」

その経緯は藤右衛門から聞いていた。そのことを恩義に思っているようだ。

栄次郎は伊佐治の時折見せる暗い部分が気になっている。今でこそ、伊佐治はまっ

とうな暮しをしているが、丑松の怪しい動きを見抜いたことや、そのあとで庭に様子を見に来た動きなどを見ても、堅気で生きてきた男とは思えないところがあった。

だからといって、今の伊佐治を否定するものではないが、過去のしがらみに苦しんでいるのだとしたら、なんとかしてやりたいと思った。

これも、矢内の父親譲りのお節介《せっかい》病だ。

「伊佐治さん。こんどゆっくりその話をお聞かせ願えませんか」

栄次郎は頼んだ。

「わかりました。いつでも、うちにいらっしゃってください」

「それより、浅草黒船町にあるお秋というひとの家を訪ねてくれませんか。そこに、部屋を借りています」

栄次郎はお秋との関係を説明した。

「わかりました。そうさせていただきます」

「お待ちしています」

栄次郎は伊佐治と別れ、伊勢町《いせちょう》堀《ぼり》に向かった。

小網町《こあみちょう》から北新堀《きたしんぼり》まで行き、霊岸島に渡り、大川端町にやって来た。

丑松の家の隣りの荒物屋に顔を出すと、主人が店番をしていた。

「あっ、お侍さん」

主人は話し相手が出来て喜ぶように立ち上がった。

「すみません。たびたび」

「いいえ。こっちは暇ですから」

主人は苦笑しながら、

「まだ、下手人《げしゅにん》は捕まらないようですね」

「ええ、まだです」

栄次郎は答えてから、

「隣りに丑松が引っ越してきたのは二カ月前だと言ってましたね」

「そうです」

「それまでは誰が住んでいたんですか」

「善吉《ぜんきち》という男がおかみさんとふたりで住んでいました。奉公人をひとり雇って、鼻《はな》緒屋《おや》をやっていましたよ」

「昔からですか」

「十年ぐらい前からですよ」

「いつまでいたのですか」

「三カ月前です。善吉さんが亡くなると、おかみさんはどこかに引き取られて行きました。親戚って話ですがわかりません」

「善吉さんはいくつだったんですか」

「五十前で、おかみさんは四十半ばぐらいでした」

「奉公人はどうしたんですか」

「ほどなく、いなくなりました」

「じゃあ、一カ月ほど隣りは空き家だったんですか」

「そうです」

「どなたの家作《かさく》だったんでしょうか」

「さあ、自身番で聞いたほうがいいですね」

「わかりました」

「あっ、もう行くのですか」

主人はあわてて引き止めた。

「もう少し話していきませんか。また、何か思い出すかもしれない」

「わかりました」

栄次郎は少し話し相手になってやろうと思った。

「まあ、そこに座ってくださいな」

主人は上がり框《かまち》に座るように言った。

「すみません」

栄次郎は腰から刀を外《はず》し、腰を下ろした。

主人も上がり框に並んで腰を下ろす。

「ご主人はこの地は長いんですか」

「十二歳で、ここに奉公に上がって、それから婿《むこ》に入ったんです。十二歳から四十年近くここに住んでいます」

主人は目を細めた。

「そうだ、今思い出した。若い男のことをきいていましたね」

「ええ」

「丑松のところでは見かけませんでしたが、善吉さんのところにはしばらく若い男が寄宿していました」

「いつ頃ですか」

「半年前にひと月ほどいたようです」

「いくつぐらいでした？」

「二十歳前です」

「二十歳前……。会ったことはあるんですか」

「ええ、挨拶程度でしたけど」

「名をきいたことはありますか」

「いえ、ただ、一度善吉さんに若い男のことをきいたことがあります。そしたら、以前に奉公していた店の若旦那だと言っていました」

「まさか……」

「そう言われてみれば、若旦那らしくもあった」

主人は頷きながら言う。

「善吉さんがどこに奉公していたかききましたか」

「聞きませんでした。いや、聞いたかもしれないが、忘れました」

「おかみさんの名は?」

「おかねさんだ」

「善吉さんにおかねさんですね」

善吉が『和泉屋』に奉公していたとしたら、寄宿していた若い男が藤吉ということは十分に考えられる。

善吉が『和泉屋』に奉公していたかどうかは藤右衛門にきけばわかる。

藤吉だとしたら、半年前にここに滞在し、その後、芝に行ったのだろうか。

「ご主人、いい話を聞かせてもらいました」

栄次郎は立ち上がった。

「もう行くのですか」

「すみません。今、ご主人から聞いた話を確かめに行きたいのです」

「自身番には？」

「もう自身番に行かなくてよくなりました」

栄次郎は礼を言う。

「そうですか。お役に立ててよかった。お侍さん、また来てくださいな」

「はい。では」

栄次郎は荒物屋を出た。


半刻（一時間）余りのち、栄次郎は『和泉屋』に着き、客間で藤右衛門と差向いになった。

「藤右衛門さん。つかぬことをお伺いしますが、十年ほど前まで、善吉という奉公人はおりませんでしたか」

「善吉ですか」

藤右衛門は首を傾げた。

「十年前だと四十ぐらいかもしれません」

「いえ、そのような奉公人はおりません」

「いない？」

「ええ」

「そうですか」

栄次郎は落胆した。

「待ってくださいよ」

藤右衛門は何かを思い出したようだ。栄次郎は思わず身を乗り出した。

「善吉という下男がおりました」

「下男……」

「うちを辞《や》めたのは十三年前です。おかねという女中といっしょになるというので」

「おかねさんは女中だったのですか」

十三年前、善吉は三十五前後、おかねは三十前後だ。

「ふたりはやめてどこに行かれたか、ご存じですか」

「深川で暮らしていたそうですが、それきりで……」

藤右衛門は困惑したように、

「善吉とおかねがどうかしたのですか」

と、きいた。

「その前に教えてください。藤吉さんはふたりとどうだったのでしょうか」

栄次郎はきいた。

「藤吉とですか。そういえば、藤吉は庭に出て善吉とよく遊んでいた。いや、おかねにも懐《なつ》いていた」

藤右衛門は目を細めた。

「そうですか」

当時、藤吉は六、七歳だ。藤吉は幼少の頃からひねくれていたという。そんな子どもを善吉とおかねはうまく受け止めていたのだろう。

「半年前、藤吉さんは善吉さんとおかねさんのところに寄宿していたそうです」

「まさか」

藤右衛門は信じられないというように首を横に振ったが、

「で、今はいっしょじゃないんですね」

と、きいた。

「おそらく、その後、芝のほうに行ったのではないでしょうか」

「善吉とおかねはどうしているのですか」

「善吉さんは三カ月前に亡くなったそうです。おかねさんは親戚に引き取られたということです」

「そうですか」

善吉とおかねが住んでいた家で丑松が殺されたということは、藤右衛門には言わずにおいた。ますます藤吉を疑うようになるかもしれない。

「あとは、芝に行った新八さんの調べを待ちましょう」

栄次郎はそう言い、腰を上げた。

藤右衛門は厳しい顔で壁の一点を見つめていた。

二

茅町一丁目の『新田屋』に帰っても、木綿問屋『近江屋』の押込みのことが伊佐治の脳裏から離れなかった。

おなみは習い事に行っており、伊太郎は近くの手習いからまだ戻っていなかった。

伊佐治は濡縁に出て腰を下ろした。庭の草木が風に揺れていた。

『近江屋』の主人夫婦と奉公人が殺された。猿霞一味は絶対にひとを殺《あや》めたりしなかった。だが、それは嘉六が生きていたときの話だ。

今は猿霞一味の頭は鮫蔵だ。哲次の話では、鮫蔵が嘉六を殺し、一味を乗っ取ったのだ。その鮫蔵が率いる一団はもはや昔の猿霞一味ではない。

凶悪な押込みに変わったとしても不思議ではない。やはり、『近江屋』の押込みは鮫蔵たちか。

それにしても、哲次まで残虐な手口を受け入れているのか。

改めて、鮫蔵に対する怒りが込み上げてきた。この先、鮫蔵は江戸で何件かの押込みを働くつもりだろう。

このまま黙って見過ごしていいのか。嘉六の仇《かたき》を討ち、猿霞一味の暴走を止めなければ、新たに何人ものひとが殺される……。

だが、おなかのことや、おなみと伊太郎のことが脳裏を掠《かす》め、伊佐治のいきりたった心に冷水が浴びせられるようになる。

ちくしょう。どうしたらいいのだ。伊佐治は胸を掻きむしりたくなった。

「おまえさん、どうしたの？」

おなかがやって来た。

「いや、なんでもない」

「でも、何か思い悩んでいるようよ」

「そんなことはない。おまえの考えすぎだ」

「最近、ときたま苦しそうな顔をしているわ。ねえ、何か悩みがあるならひとりで抱え込まないで私にも教えて。おまえさんのそんな顔を見るのはいや」

おなかは泣きそうな顔で言う。

「おなか。すまねえ。よけいな心配をさせて」

伊佐治はおなかの顔を見つめ、

「だが、おまえの考えすぎだ。じつは、錺職人の千蔵親方がいまだに色好い返事をしてくれないんだ」

と、言い訳した。

「だが、必ず、千蔵親方の首を縦に振らせてみせる。千蔵親方は同じ図柄の簪《かんざし》をたくさん作ることを安っぽい仕事だと言っているが、そうではない。その図柄を見て、千蔵親方の作だとひと目でわかる簪が出来れば、お客にも喜ばれ、千蔵親方の名も広く世間に伝わるんだ」

伊佐治は夢中で言う。

最初は疑いの眼差しを向けていたが、伊佐治の熱い訴えに、おなかの顔色も変わってきた。

「簪だけじゃない、鬢付《びんつ》け油や白粉《おしろい》にも独自の工夫をして新しく売り出したいと思っているんだ。そんなことを考えていると、つい顔付きが悪くなってしまったようだ」

「そうだったの」

おなかは安堵したように、

「私はおまえさんが……」

と言いかけ、あわてて口をつぐんだ。

「なんだ？」

「いえ」

「言いかけたんだ。言ってみな」

伊佐治は促した。

「なんだかおまえさんが知らないひとのように思えたの。いつか、私たちの前から去ってしまうような……」

「ばかばかしい」

伊佐治はわざと笑い飛ばした。

「俺がどこにも行くはずない。おまえやおなみ、伊太郎を見捨てることなぞ、出来やしない」

伊佐治は自分自身に言い聞かせるように強い口調で言った。

「ほんとうだね」

「当たり前だ」

おなかが目尻を拭った。

「なんだ、泣いているのか」

「だって……」

おなかは顔には出さなかったが、伊佐治の最近の様子から何かを感じ取っていたのかもしれない。

「おなか」

伊佐治は思わずおなかを引き寄せ、

「おまえを泣かすような真似はしない」

と、肩にまわした手に力を込めながら、はじめておなかが心の中に入り込んできたときのことを思い出していた。

五年前、藤右衛門の助けもあって、おなかを借金取りから助けた。

翌日、用立ててくれた二十両を返しに藤右衛門のところに行くと、二十両は受け取らず、おなかの暮しに役立てろと言ってくれたんだ。

伊佐治はおなかの長屋に向かった。おなかは仕立ての仕事をしていて、そばに女の子が寄り添っていた。改めて見ると、おなかは目鼻だちの整った顔で、はっとするほど美しかった。

だが、所詮は他人の妻女であり、伊佐治はおなかに特別な気持ちを持つこともなかった。だが、亭主のことをきいたとき、おなかは壁際にある文机に顔を向けた。その上に位牌が置いてあった。

亭主の位牌を見たとき、伊佐治は運命のようなものを感じた。それから、たびたびおなかの家を訪ねた。

伊佐治が顔を出すと、おなかは待ちかねたように迎えてくれた。おなみも伊佐治の手をとって上がるように勧める。

伊佐治が土産《みやげ》に買って来たうなぎを三人で食べた。こんなにうまい食事ははじめてだった。やすらぎがあった。

日が経つにつれ、おなかの存在が大きなものになっていった。おなみが自分を慕ってくれるのもうれしかった。

このような喜びははじめての経験だった。人並みの暮しにこそ仕合わせがあるのだと知った。

だが、伊佐治は猿霞一味にいる身であった。すでに池之端仲町にある紙問屋に狙いをつけ、押し込む準備をしていた。

おなかが伊佐治を小間物屋の行商人だと信じきっていることが心を重くした。

そして、紙問屋への押込みがうまくいったあと、猿霞一味は江戸を離れることになっていた。

おなかとおなみとの別れが迫っていた。伊佐治は分け前の金をおなかに渡し、別れを告げるつもりだった。

が、嘉六から思いがけない言葉をきいた。

「赤の他人だった俺とおめえが二十年もいっしょに暮らせたなんて奇跡かもしれねえ。

だが、そろそろ、おめえも俺から巣立っていく頃にきているんだ。伊佐治、一味を脱《ぬ》けるんだ」

嘉六は、伊佐治に堅気になって当たり前の暮しをしろと、おなかと所帯を持つように勧めたのだ。

伊佐治だけが残り、猿霞一味は江戸を去った。

己の過去と縁を切り、伊佐治はおなかの長屋に行った。

いつものように三人で夕餉《ゆうげ》を摂《と》り終わったあと、伊佐治はおなかに話があると言った。するとたちまちおなかの表情が曇った。

改めて向かい合うと、おなかは沈んで声で切りだした。

「いつかこの日が来るのをわかっていました。おなみ、いらっしゃい」

おなかはおなみを横に座らせ、

「おまえも今までのお礼を言いなさい」

と、言う。

だが、おなみは俯《うつむ》いたまま唇を嚙んでいた。

「おなかさん。どういうことだ？」

伊佐治は驚いてきいた。

「伊佐治さんはときどき何か他のことを考えているような様子がありました。きっともうひとつの別の生きる場所があるのだと。私たちに同情していろいろしてくれたけど、きっと離れて行く。その覚悟は出来ていました」

「…………」

「俺からそんな様子が感じられたか」

「はい。翳《かげ》のようなものが……」

「そうか。じつは俺は早くにふた親に死なれ、親戚に引き取られたが、そこも逃げ出し、子どものときからひとりぼっちで生きてきた。そんな生きざまが俺を暗くしているのかもしれない」

伊佐治は正直に言い、

「俺にとっちゃ、おなかさんやおなみちゃんと夕餉をとる、こんな仕合わせなひとときを味わったことはなかった。俺はこの仕合わせを失いたくないんだ」

「えっ？」

「俺はこの暮しをずっと続けたいんだ」

「…………」

「おなかさん、俺と所帯を持ってくれ」

「今、なんと」

「俺と所帯を持ってもらいたいんだ。おなみちゃん、俺をおとっつあんにしてくれないか」

「その言葉、ほんとうなんですか」

おなかの声は震えを帯びていた。

「本気だ。あんたといっしょになりたいんだ。おなみちゃんの父親になりたいんだ」

「伊佐治さん」

おなかは俯いて嗚咽《おえつ》をもらした。

「どうしたんだ？」

「うれしくて」

「じゃあ、俺といっしょになってくれるのか」

「こちらこそ、よろしくお願いします。おなみ、聞いたかい」

おなかはおなみに声をかけた。

「うん、聞いた」

おなみは恥ずかしそうにおなかの背中に顔を隠した。

伊佐治はおなかの傍《そば》により、ふたりを抱き締めながら、

「ふたりのことは俺が一生守る。約束する」

感慨に浸りながら、伊佐治は口にした。

今、伊佐治はおなかを抱き締めながら、ふたりのことは俺が一生守ると約束したことをまざまざと思い出していた。

俺には家族がいるのだ。猿霞一味がどこに押し込もうが関係ないのだ。嘉六のこともそうだ。

今の俺にとって大事なことは家族の仕合わせを守って行くことだ。伊佐治はおなかの温《ぬく》もりを感じながら改めて心に誓った。

「ただいま」

という声がしたので、あわてて体を離した。

やがて、おなみが現れた。

「お帰り」

おなかが声をかける。

「おとっつあんもおっかさんもどうかなすったんですか」

おなみがいきなりきいた。

「どうしてだ？」

伊佐治が不思議そうにきく。

「だって、縁側に座り込んで。それに、おとっつあんの目が濡れているみたい」

「気のせいだ。今、庭を見ていたんだ。花が咲きだしてきた」

「ほんとうだ」

おなみは庭に目をやった。

「そろそろ伊太郎も帰って来るわね」

おなかが部屋に戻った。

「そうだ、おとっつあん。今、帰って来たら、男のひとにきかれたの。伊佐治さんの娘さんかって」

「…………」

伊佐治は不安にかられた。

「そうですって答えたら、そうかと言ってあわてて離れて行ったけど」

「どんなひとだった？」

「風呂敷の荷を背負っていたわ」

「風呂敷の荷？」

伊佐治は胸が騒ぎ、すぐ立ち上がった。

「用心のために、様子を見てこよう」

そう言い、伊佐治は外に出た。

通りの左右を見た。蔵前のほうにそれらしき男が歩いて行くのが目に入り、伊佐治は駆けだした。

鳥越橋の手前で追いついた。

「哲次」

伊佐治は声をかけた。

「あっ、伊佐治兄《あに》い。すまなかった。もういいんだ」

振り返った哲次は振り切って橋を渡ろうとした。

「待て。俺に話があって来たのだろう」

「もう兄いには兄いの暮しがあるんだ。もう邪魔はしねえ」

「哲次、おめえもなにか悩んでいるんじゃねえのか」

伊佐治は哲次の気の弱そうな目を見つめた。

「ここじゃ、ひと目につく。鳥越神社に行け。俺も遅れて行く」

「わかった」

哲次は鳥越橋を渡ってから元鳥越町のほうに曲がった。

それを見届けてから、伊佐治もあとをつけた。

鳥越神社の境内に入り、辺りを見まわしていると、植込みの陰から哲次が現れた。

「哲次、昨夜の押込みはおめえたちか」

伊佐治は鋭い声で確かめた。

「そうだ」

哲次は苦しげな顔で言う。

「なぜ、主人夫婦と番頭を殺した？」

「騒がれそうになったのか」

「…………」

「違うんだ」

「違う？」

「主人は素直に土蔵の鍵を出し、おとなしくしていた。それなのに、帰りがけ、ふたりと番頭を殺したんだ」

「歯向かいもしないのに殺したのか」

「そうだ。鮫蔵がおかしらになってから、押込みのたびに騒いだ相手を殺したことがあったが、今回は何も逆らいもしないのに殺した」

哲次は憤然と言い、

「あっしはもう耐えられねえ」

と、吐き捨てた。

「哲次、おめえ幾つになる？」

「三十二だ」

「俺が一味を脱《ぬ》けたのも三十二だった。哲次、もう脱けろ。足を洗うんだ」

伊佐治がはっきり口にした。

「でも、鮫蔵が許してくれるだろうか」

「嘉六のおかしらが決めた掟がある。堅気になるなら一味を脱けられるんだ」

「わかった。兄いと話して心が決まった。俺は一味を脱ける」

「そうしろ」

「わかった」

「どこか行く当てあるのか。なければ、俺のところに」

「いや、一味を脱けて伊佐治兄いのところに行ったら、鮫蔵は不審を持つに違いない。俺は信州《しんしゅう》に帰る」

「信州のどこだ？」

「佐久《さく》だ。ふた親はもういねえが、兄貴がいる」

「そうか。分け前の金を元手に、佐久で商売でもはじめるんだ」

「わかった。そうする。伊佐治兄いに会って心が決まった」

「そいつはよかった。しっかりやれよ」

「わかった。今度こそ、もう二度と会えないと思うけど、伊佐治兄いも達者で」

「ああ、おめえもな」

「兄い。お先にどうぞ」

「いや、おめえから行け」

「じゃあ、兄い」

哲次は言い、鳥居に向かった。

伊佐治は後ろ姿を見送った。哲次は鳥居の前で振り返った。伊佐治に頭を下げ、鳥居を出て行った。

何か言い忘れたことがあったような気がしたが、すでに哲次の姿は見えなかった。

三

その日の夕方、栄次郎はお秋の家で、崎田孫兵衛が来るのを待ち、孫兵衛が来るとすぐに栄次郎は居間に行った。

「崎田さま。昨夜、本町三丁目の『近江屋』に押込みが入ったそうですね。今朝、その前を通ったらものものしい様子でした」

「残虐な連中だ」

孫兵衛は顔をしかめ、

「おとなしく賊に従っていた主人夫婦をいきなり殺したらしい」

「金は？」

「土蔵から千両箱が盗まれた」

「賊の正体はわからないのですか」

「まだ、調べがはじまったばかりだからな」

「新たな押込み一味ですか」

「殺しの残虐さをみても、今までに例はない。ただ、二年前ほどから東海道の宿場やご城下で暴れまわっている盗賊がいる。押込み先で平気で殺しをする。もしかしたら、その連中が江戸にやって来たのかもしれぬ」

「何という一味なのですか」

「まだ、詳しいことはわかっていない」

そう言ったあと、孫兵衛は思い出したように、

「以前、江戸と府外をまたにかけた猿霞一味がいた。この一味は何年かに一度、江戸にやって来て荒稼ぎして、江戸を離れる。同じように東海道の宿場やご城下の豪商や庄屋の屋敷に押し入ったが、この一味はひとに危害は加えなかった」

「猿霞一味ですか」

「ところが、二年前から猿霞一味の押込みを耳にしない」

「なぜですか」

「わからぬ。ただ、それに代わって二年前から平気で殺しをする押込みが続いている」

「猿霞一味が殺しをするようになったのでは？」

「そうだとして、絶対に殺しをしなかったのにどうして宗旨替えをしたのか」

孫兵衛は首を横に振った。

「一味の中で、勢力争いがあっておかしらが替わったのかもしれません」

「考えられるな」

「狂暴化した猿霞一味が江戸に現れたのでしょうか」

「まあ、もう少し町廻りの調べを待たないとなんとも言えぬが」

「どなたの掛かりで?」

「あの神田・日本橋は飯野朝太郎《いいのあさたろう》の受け持ちだ」

「飯野さまですか。三十過ぎの同心ですね」

『近江屋』に入って行った同心を思い浮かべた。

「そうだ。若いがなかなか切れる」

そう言ったあとで、

「そなた、なぜこの件に興味を持つのだ?」

と、孫兵衛は不思議そうにきいた。

「たまたま通り合わせたので」

「ほんとうにそれだけか」

「それだけです」

ほんとうは、伊佐治なのだ。伊佐治は真剣な表情で、『近江屋』の様子を窺っていた。そのあと声をかけたときも、表情は厳しかった。

伊佐治が全身から醸し出す雰囲気には、いくつもの修羅場を切り抜けてきたような凄味さえあった。

今は堅気になっているが、もとは別の顔を持っていたのではないか。昔のことを詮索するつもりはないが、なんとなく伊佐治のことが気になるのだ。

「崎田さま。ありがとうございました」

「おや、もう引き上げるのか」

「はい。先日は呑み過ぎましたので」

「うむ。先日は楽しかった」

孫兵衛は思い出して言う。

「栄次郎さん、もうお帰りですか」

「たまには屋敷で夕餉を摂らないと……」

栄次郎はそう言い、お秋の家を出た。

本郷の屋敷に帰った。兄はまだ帰っていなかった。

栄次郎は久しぶりに屋敷で夕餉をとった。だが、食べていても、ふと箸《はし》を止めて、伊佐治のことを考えていた。

　が、そのうち藤吉のことに思いが向かった。

　霊岸島の家の住人が丑松の前は善吉夫婦で、藤吉が一カ月ほど滞在していたという事実が頭を悩ませた。

　丑松は藤右衛門に対して藤吉のことを口にしている。善吉夫婦はともに『和泉屋』に奉公していたのだ。

　やはり、藤吉が今回の事件に絡んでいるのか。そうだとしても、藤吉の背後に誰かいるのだ。湯島の切通しで丑松が雇った浪人に襲われたとき、暗がりから様子を窺っていた男。そして、佐賀町の口入れ屋『三隅屋』に現れ、栄次郎を丑松の家に向かうように主人に頼んだ頭巾をかぶった男。このふたりは同一人物かもしれないが、この男が藤吉の背後にいるのかもしれない。

　それより、丑松を殺した浪人だ。そのために雇われた者と思えるが、なぜ、その浪人に藤右衛門を襲わせないのか。

　あの藤右衛門主催の唄と踊りの会以降、藤右衛門への襲撃は一切ないのだ。まさか、藤右衛門を殺すことを諦めたわけではないだろうが……。

　夕餉のあとに、母に呼ばれ、仏間に行った。

母は仏壇の前に座っていた。灯明《とうみょう》が上がっていた。

栄次郎は母に代わって仏壇の前に座り、線香を上げて手を合わせた。

それから、下がって母と向かい合った。

まさか、縁組の話ではないかと警戒した。岩井文兵衛から話が母に伝わったのかもしれない。

「栄次郎」

母が呼びかけた。いつになく厳しい口調に思えた。

「はい」

栄次郎は返事が喉に引っかかった。

「いつぞや、どこぞの商家の酒席で、三味線を弾いたそうですね」

「えっ、どうしてそれを？」

「そのことはどうでもよろしい」

「はい」

「我が矢内家は小身《しょうしん》なれど一橋家の近習番を務めた家柄です。その名を貶《おとし》めるような仕儀になっては亡き父上に申し訳が立ちましょうか」

「母上。決してそのようなことはありません」

「三味線を弾くなとは申しません。なれど、ひと様の前で弾くなどとは……」

母は呆れたように言う。

「栄次郎。そなたはいずれどこぞのお家に婿に入る身。婿入り先では三味線など弾けませんよ」

「わかっております」

だから婿には行かないとは言えるはずもなかった。

「栄之進の嫁がきます。そなたも真剣に婿入り先を探さねばなりません。改めて、御前さまにお願いしてみるつもりです」

「御前さまに？」

御前こと岩井文兵衛は、旗本織部平八郎の息女お容と栄次郎のことに乗り気らしいと、兄が言っていた。

まずいことになったと、栄次郎は気が重くなった。

「もし、御前さまからお話があったら、母の独断で決めさせていただきます。よろしいですね」

「お待ちください。やはり、お目にかかってからでないと」

「わかりました。そのときは、母がお目にかかる段取りを決めます」

「はい」

栄次郎は何も言い返せずに母の前から下がった。


翌朝、屋敷を出て、本郷通りから神田旅籠町にやって来た。

『和泉屋』を訪れ、客間で新八と会った。

「芝はいかがでしたか」

「神明宮の周辺を聞いてまわりましたが、藤吉さんの手掛かりはありませんでした」

新八は無念そうに言った。

「若い男のことを教えてくれたひともいましたが、会ったらまったくの別人でした」

「そうでしたか」

栄次郎もそんなに簡単に見つかるとは思っていなかった。ただ、藤右衛門は落胆しているだろうと思った。

「神明宮に遠くからお参りにやって来たのかもしれませんので、もう少し範囲を広げてきまわってみようと思います。そこで、思いついたことがあるのです」

新八は声をひそめた。

「あの周辺にいかがわしい店があるのです。藤吉さんらしき男が神明宮にいたのは夕暮れ時だということから、女のところに通っているのかもしれないと思ったのです」

「なるほど」

栄次郎は思わず唸った。

「このことは藤右衛門さんには話していません。藤吉さんが女郎屋に通っているのではとは、口に出来ませんでした」

「さすが新八さんです」

ますます、いい岡っ引きになるだろうと思った。

「いやですぜ。それより、旦那から聞いたのですが、藤吉さんは以前に奉公していた善吉とおかね夫婦のところにいたそうですね」

「ええ、半年前です。そこから、芝の近くに移ったのでしょう」

栄次郎は言ってから、

「私も藤右衛門さんには言えなかったのですが、丑松が殺された家は善吉夫婦の住んでいた家なのです」

栄次郎はそのことを詳しく話した。

「やはり、今回の件に藤吉さんは何らかの形で関わっているようですね」

新八は暗い顔をした。

「利用されているだけかもしれませんが」

栄次郎も胸を痛めながら言った。


『和泉屋』を出て、栄次郎は深川の佐賀町に向かった。

『三隅屋』の暖簾《のれん》をくぐると、文机の前に座っていた男が顔を上げた。

「これは矢内さま」

三隅屋は作り笑いを浮かべ、

「まだ何か」

と、警戒気味にきいた。

「丑松の住まいを私に教えるように言いに来た頭巾をかぶった男のことで、もうちょっとお聞きしたいと思いまして」

栄次郎は切り出し、

「その男は商人のようでしたか、それとも堅気とは思えなかったか」

と、きいた。

「商人のように思いましたが」

「その男の言うことに易々と従ったのはどうしてですか」

「お金ですよ」

「ほんとうにそれだけですか。その男の話に何か信じるに足りるものがあったからではありませんか」

「なんですね、信じるに足りる話というのは?」

「その男はあなたにこう告げたそうですね。矢内栄次郎という侍がここに現れ、丑松のことをきくはずだ。だから、いったん追い返し、夕方に来てもらえ。そして、丑松の住まいを教えろと」

「そうです」

「あなたは丑松のことを知っていたか、あるいは頭巾の男を知っていたのではないか。だから、素直に従ったのではないかと思ったのですが」

「いえ、ほんとうにお金で」

「丑松はここに来たことがあるんじゃありませんか」

「…………」

「どうなんですか」

「じつは一年ほど前に来ました」

「やはり、そうでしたか。で、仕事を求めて?」

「そうです。武家屋敷の口を探していました。それで、あるお屋敷に中間《ちゅうげん》として奉公しました。それだけです」

「どこのお屋敷ですか」

「旗本の近本紋三郎《ちかもともんざぶろう》さまです。お屋敷は竪川《たてかわ》の近くにあります」

「その後は関わりないのですか」

「丑松とは会っていません。ただ」

三隅屋は顔をしかめ、

「半年後に、近本さまのご用人がやって来て、丑松が金を持って逃げたと言い、丑松を探していました」

「そのことに間違いはありませんか」

「ええ、間違いありません。そんなことがあって、頭巾の男の話だったので、また丑松は何かをしたのだろうと思い、こっちも丑松には迷惑を被《こうむ》っているので、丑松が罰を受ければいいと思い、頭巾の男の言うことを聞いたんです」

栄次郎は三隅屋の目を見つめた。

「なぜ、そのことを黙っていたのですか」

栄次郎はきいた。

「あっしの中に丑松が制裁を受ければいいという残虐な気持ちがあったので、口に出来なかったんです」

嘘をついているようには思えなかった。

それがほんとうなら、丑松が『三隅屋』の前で浪人に声をかけたのもわかる。丑松は仕事を求めた浪人が『三隅屋』にたくさん出入りしていることを知っていたのだ。だから、『三隅屋』にいた浪人に声をかけたのだろう。

「わかりました。他に何か話していないことはありませんか」

「いえ、ありません」

「わかりました」

栄次郎は礼を言い、『三隅屋』を出た。

それから四半刻（三十分）後、栄次郎は竪川の近くにある旗本近本紋三郎の屋敷を探し当てた。

屋敷の大きさから五百石ほどの格式に思えた。栄次郎は長屋門に近付き、潜《くぐ》り戸の脇にある門番所の前に立った。

「恐れ入ります。じつは半年ほど前まで、こちらに奉公していた丑松という中間のことでお聞きしたいのですが」

と、声をかけた。

「丑松？　確かに、そんな男はいたな」

三十歳ぐらいと思える門番は素直に応じ、

「丑松がどうした？」

と、きいた。

「先日、殺されました」

「殺された？」

「はい。丑松がなぜ……」

「待て」

門番が栄次郎の声を制し、門番所の隣りの中間部屋に行った。

「おい、松助《まつすけ》」

と呼ぶ声が聞こえた。

門番が戻って来た。

「今、来る」

「すみません」

「なんですね」

顔の長い男がやって来た。

「丑松のことで聞きたいそうだ」

門番は栄次郎を見て言う。

「丑松がどうかしたんですかえ」

「丑松は殺されたそうだ」

門番が言う。

「やはりな」

松助はあっさり言った。

「丑松はどうしてここを辞めたのですか」

栄次郎はきいた。

「殿さまの部屋に忍んで、金を持って逃げたんだ」

松助が苦い顔をして答える。

「なぜ、そんなことを？」

「博打《ばくち》で大負けしたのだろう」

「追いかけたのですか」

「もちろん。だが、逃げられた」

「その後、丑松の消息は？」

「いや、わからなかった」

「そうですか」

「丑松に武術の心得はあったかどうかわかりますか」

「あった。ほんとうは侍になりたかったそうだ。中間でなく若党《わかとう》を目指していたようだ。ここにいても若党になれそうもないから辞めるのに心残りはなかったのだろうよ」

丑松が霊岸島の大川端町に住むようになったのは、それから四カ月後だ。その後、何者かの依頼を受け、麴町の商家の番頭と芝の職人を殺した。そして、藤右衛門への襲撃だ。

丑松が殺し屋として活動をはじめたのは霊岸島の大川端町に住むようになってからだ。この屋敷を辞めてからの四カ月で、丑松に何があったのだろうか。

栄次郎は松助に挨拶をして門から離れた。竪川沿いを行くと、前方から遊び人ふうの三人連れの男がやって来た。二十七、八の痩せた男を真ん中に歩いて来るが、両側の男は逃げないように真ん中の男の腕を摑んでいるように見えた。

すれ違うとき、真ん中の男が栄次郎に目を向けた。その目が何か言いたげに思えた。だが、男は何も言わずに顔を正面に戻した。

すれ違ったあと、栄次郎は足を止めて振り返った。何か言いたげな目は救いを求めているようにも思えた。

追いかけて声をかけようとして、おやっと思った。三人は近本紋三郎の屋敷に向かったのだ。

三人は門番に会釈をし、屋敷に入って行った。三人は奉公人には思えない。しかし、わざわざ屋敷内まで追いかける謂われもなく、不審に思いながら栄次郎は再び両国橋に向かって歩きだした。

両国橋を渡る。大川の川面はきらきらと輝き、帆をかけた船も出て、春ののどかな景色が広がっていた。

栄次郎は浅草御門を抜けた。茅町一丁目に差しかかったとき、ふと前方に小間物屋の『新田屋』が現れた。

伊佐治の店だと思いながら、栄次郎は素通りをし、浅草黒船町に向かった。

四

翌朝、伊佐治は錺職人の親方千蔵の家に向かった。なんとしてでも千蔵独自の図柄を前面に出した簪を作りたいのだ。

日本橋橘町にやって来たとき、浜町堀のほうが騒がしかった。伊佐治はなぜか胸騒ぎがして、ひとがたむろしているところに行った。

野次馬が橋の上から堀を見ている。伊佐治も覗いた。岸に死体が引き上げられた。男だ。茶の格子の着物に、伊佐治は心ノ臓が鷲掴みされたようになった。

伊佐治は死体の顔が見えるように移動した。同心が到着し、死体を検《あらた》めはじめた。

伊佐治はなんとか顔を見ようとしたが、岡っ引きに引き止められた。

顔はわからないが、体つきは哲次に似ている。傍に駆け寄り、顔を確かめたいがままならなかった。

岡っ引きの手下が草むらに落ちていた風呂敷包を見つけた。伊佐治は愕然とした。もはや、哲次に間違いない。

ふと野次馬に目をやったとき、遊び人ふうの男が様子を窺っているのが見えた。五年前、猿霞一味に入って来た男に似ていた。

やがて、その男は踵《きびす》を返した。

伊佐治はあとを追おうとして、足を止めた。一味に顔を晒《さら》すことは避けなければならないと自重した。

鮫蔵に知られたら、おかや子どもたちにどんな災難が降りかかるかしれない。一味とは縁を切ったのだと、改めて自分に言い聞かせる。

だが、哲次が殺されたことの衝撃と悲しみはすぐには消えそうもない。

検死が終わり、哲次の亡骸《なきがら》は戸板に乗せられて、運ばれて行った。

伊佐治は千蔵の家を訪れる気にもなれず、そのまま引き返し、浅草御門の手前で足を柳原の土手に向けた。

土手の柳も芽吹きだしている。伊佐治は神田川の川っぷちに立った。

哲次は一味を抜けようとして殺されたのだ。それだけでなく、簡単にひとを殺す鮫蔵に批判的だったことでも疎《うと》ましく思われていたのだろう。

おかしらの嘉六を殺し、さらに哲次まで。伊佐治は五体が引きちぎられるほどの苦痛に襲われた。

許せねえ。鮫蔵を許せねえ。押込みは続くだろうから、今後も犠牲者が出る。なんとかしなければならない。

そう思うと、突然脳裏をおなかの顔が掠め、おなみと伊太郎の笑顔が浮かんだ。おなかたちを泣かすことは出来ない。

堪えろ、堪えるのだという声が聞こえた。もう自分ひとりの身ではないのだ。伊佐治は深呼吸をし、気持ちを落ち着かせる。

背後に人声がした。土手を職人がふたり通りすぎて行った。

伊佐治は土手に戻り、浅草御門に向かいかけたが、無意識のうちに足は両国橋に向かっていた。

伊佐治は自分でもはっとした。思い止《とど》まろうとしたが、気持ちとは関わりなく、両国橋を渡った。

ただ、鮫蔵たちがいるかどうかを確かめるだけだと、伊佐治は自分に言い聞かせた。

本所石原町に、おかしらの嘉六が宿代わりにしていた家がある。嘉六と同じく盗人《ぬすっと》だった房吉《ふさきち》が、足を洗って道具屋をやっていた。

鮫蔵が嘉六に代わって宿代わりに使っているかどうかわからない。だが、一味の誰かが寄宿をしているかもしれない。

両国橋を渡り、大川沿いを上流に向かい、武家屋敷の並んでいる前を過ぎて石原町にやって来た。

　ここに足を踏み入れるのは五年ぶりだ。嘉六に会いによく通った。そして、一味が全員集まり、次の押込みの手筈を打ち合わせた。

　房吉の道具屋が目に入ったとき、ふいに嘉六の顔や声が蘇《よみがえ》った。胸が詰まり、悲しみに襲われた。

　伊佐治は道具屋の店先に立った。火鉢《ひばち》から箪笥《たんす》、仏像に掛け軸、煙草盆《たばこぼん》や刀に木刀など雑多なものが板敷きの間《ま》に置いてあった。

　伊佐治は店番をしていた男を見つめた。五十過ぎの皺《しわ》の多い顔は房吉に間違いなかった。房吉は首を傾げて見返していたが、

「伊佐治か」

　と、怪訝《けげん》そうに立ち上がった。

「とっつあん。久しぶりだ」

　伊佐治は挨拶をする。

「すっかり、堅気になったようだな」

「ええ。嘉六のおかしらのおかげで今、こうしてまっとうに暮らしている」

「五年前、江戸を離れる前に、おまえが一味を脱けたと嘉六は話していた。だから、

もう赤の他人だと、呻《うめ》くように言っていたことを思い出す。嘉六はおめえのことを人一倍心配していたからな」

「………」

伊佐治は深呼吸をして込み上げてくるものを押さえた。

「嘉六のことを知っているか」

房吉がきいた。

「殺されたそうですね。鮫蔵に」

「知っていたのか」

「ええ、偶然に哲次に会ったんです。哲次が教えてくれました」

「そうか」

「とっつあんは誰から？」

「鮫蔵だ。病気で死んだとな。だが、あとで俺も哲次から、ほんとうは鮫蔵に殺されたと聞いてびっくりした」

「鮫蔵はここを使っているんですか」

「いや、江戸にやって来る二カ月ほど前に、挨拶に来ただけだ。その後は、哲次が顔を出しただけで、一味の者は誰も寄りつかない」

「鮫蔵はどこに住んでいるのかわかりますか」

「いや、きいたが教えてくれなかった」

「そうですか」

「今度、哲次が来たらきいてみよう」

「とっつあん。哲次は来ませんぜ」

「来ない？　俺とは縁切りってことか」

房吉は憤然と言う。

「今朝、浜町堀で、哲次の死体が見つかったんだ」

「今、なんって言ったんだ。哲次の死体？」

房吉の顔色が変わった。

「ええ、哲次は殺されたんです。鮫蔵にです」

「本町三丁目の『近江屋』の押込み、ご存じですか。主人夫婦と番頭が殺され、一千両が盗まれました」

「知っている」

房吉は厳しい顔で頷いた。

「猿霞一味の仕業《しわざ》です。嘉六のおかしらは決して殺生はしなかった。ところが、鮫蔵は平気でひとを殺すんです」

「…………」

「『近江屋』の主人夫婦はなんら逆らわなかったのに鮫蔵はふたりを殺したそうです。そんな残虐な鮫蔵についていけないと言ってました。それで、足を洗うように勧めたのです。哲次は一味から脱けたいと鮫蔵に告げたんだと思います」

「鮫蔵はそれを許さなかったんだな」

「それに、金も渡したくなかったのでしょう。嘉六のおかしらは一味のひとりひとりのために分け前の半分を積み立てていたんです。それを一味から脱けて堅気になるときに渡すという掟を作ったんです。鮫蔵はその掟を破ったのです」

伊佐治は怒りを押さえきれなかった。

「伊佐治」

房吉は口調を改めた。

「おめえはもう堅気の身だ。鮫蔵のことは違う世界の話だ」

「とっつあん」

「おめえの気持ちはよくわかる。嘉六の仇を討ちたいんだろう。哲次まで殺した鮫蔵を許せないと思うのは当然だ」

房吉は厳しい顔で、

「俺が嘉六ならおめえにこう言う。伊佐治、俺のために怒ってくれるおめえの気持ちはうれしい。だが、たとえ仇を討ってくれたって、俺はうれしくなんかねえ。おめえがまっとうに暮らしてくれるのが俺の願いだ……」

「嘉六のおかしら」

まるで、嘉六が房吉に乗り移ったようだった。伊佐治は涙が流れてならなかった。

「嘉六はおめえを実の子のように慈《いつく》しんでいた。おめえが去ったとき、嘉六はしみじみ言っていた。別れがこんなに悲しく、切ないものだと生まれてはじめて知ったとな」

房吉はふっと笑みを湛《たた》え、

「嘉六のためにも今の暮しを守っていくのだ。いいな」

「俺は……」

伊佐治は深呼吸をして続けた。

「おかしらが隠居したら、引き取っていっしょに暮らすつもりだったんだ。俺たち家族の一員として……」

「そうか。おめえにそこまで思われていて、嘉六も仕合わせ者だぜ」

「とっつあん、今まで、おかしらに一度もきいたことはなかったが、おかしらには好きな女がいなかったのか」

「若い頃にいた」

「そうか。いたのか」

「だが、重い病に罹《かか》ったんだ。朝鮮人参が効くというのでその代金を稼ぐために、嘉六は盗人になった。だが、無駄だったがな」

「そうでしたか。もし、その女のひとの病が治っていたら、おかしらの生き方も違っていたんでしょうね」

「そうよな」

　陽がだいぶ移動したのか、土間に陽光が射してきた。

「とっつあん、すまねえ。すっかり長居してしまって」

　伊佐治はあわてて言う。

「なあに、ご覧のように客は滅多に来ない。久しぶりに、嘉六の話が出来てよかったぜ」

「俺もだ。思い切って会いに来てよかった」

「伊佐治。だが、もう、ここに来るな。おめえは昔の自分と決別するのだ。俺と会えば、昔に返ってしまう」

「とっつあん」

伊佐治は何か言い返したかったが、言葉が出てこなかった。

「じゃあ、とっつあん、達者で」

「ああ、おめえもな。おかみさんや子どもたちをしっかり守っていくんだ」

「わかっている」

伊佐治は土間を出かかって振り返った。

「とっつあん。何か困ったことがあったら、茅町一丁目の『新田屋』に来てくれ。俺の店だ」

「伊佐治、昔と縁を切るんだ。その敷居をまたいだら、もう赤の他人同士だ。いいな」

伊佐治は黙って頷いた。

そして、躊躇《ためら》った末に敷居をまたいで外に出た。あとは振り返らず、足早に両国橋に向かった。

両国橋を渡りきったとき、俺は『新田屋』の主人なんだという思いがふつふつと沸き上がり、迷うことなく、日本橋橘町に足を向けた。

錺職人の親方千蔵の家にやって来て、伊佐治は深呼吸をしてから戸を開けた。

「ごめんください」

伊佐治は土間に入った。相変わらず、千蔵をはじめ、職人たちはもくもくと作業をしていた。

おかみさんが出て来た。

「いらっしゃいまし」

「たびたびお邪魔してすみません」

伊佐治は頭を下げる。

「何度やって来てもだめなものはだめだ」

珍しく、休憩ではないのに、千蔵が口をきいた。

「親方。何がだめなんですかえ」

傍で嘉六が応援してくれているような気がして、伊佐治はいつになく強い口調で千蔵と向き合った。

「同じ図柄の簪をただ作るだけって仕事はうちではやらないんだよ」

「注文の品しかやらないってことですね」

「そうだ。同じ図柄の簪を大量に作っての安売りは御免だ」

「同じ図柄を望んではいません、一貫した題のもとでの図柄にしたいのです。蝶やトンボ、花などではない別の物ですが。私が考えているのは……」

「すまねえな。俺には俺のやり方があるんだ。いや、これは生き方の問題だ。おまえさんの意向を汲み取ってくれる職人もいるはずだ。そんな職人を探したほうがいい」

そう言い、千蔵は再び作業を続けた。

もうこれ以上何を言っても無駄だと思い、伊佐治は諦めた。

「また、参ります」

伊佐治は言ったが、千蔵から返事はなかった。

おかみさんに会釈をして、伊佐治は外に出た。陽は傾き、辺りは薄暗くなっていた。

伊佐治は家路を急いだ。

五

その夜、栄次郎はお秋の家で、崎田孫兵衛の酒の相手をしていた。引き上げようとした栄次郎をいつになく強引に引き止めた孫兵衛だが、きょうは口数が少なく、酒を呷《あお》るように呑んでいる。

「崎田さま、顔色が優れないようですが」

栄次郎はきいた。

「うむ」

「何かございましたか」

「押込みの手掛かりがまったく摑めぬところにきて、今朝浜町堀で男の死体が見つかった。飯野朝太郎も困惑している」

「飯野さまの管轄内でしたね」

「そうだ。それだけではなく、丑松殺しもさっぱり進展しない。芝の職人や麴町の商家の番頭の件も含め、この二カ月足らずで、七人も殺されているのだ」

「そんなにですか」

押込みのあった『近江屋』では主人夫婦と番頭の三人が殺されている。確かに、七人だと栄次郎は表情を曇らせた。

「今朝の浜町堀の死体は誰なんですか」

「遊び人ふうの男だが、まだ身許《みもと》はわからない」

「死因は？」

「匕首《あいくち》で刺されていた。ただ、現場は別の場所のようだ。死体が発見された付近にはひとが争った形跡はなかったという」

「別の場所で殺されて浜町堀に棄《す》てられたというわけですか」

ふと、昨日すれ違った三人連れの男を思い出した。真ん中にはさまれた男が何か言いたそうに栄次郎を見た。縋《すが》るような目にも思えた。今考えると、助けを求めていたのではないか。

「崎田さま」

栄次郎は身を乗り出し、

「殺された男は幾つぐらいでしょうか」

と、きいた。

「報告には二十七、八歳とあった。細身の男だ」

「細身？」

栄次郎は思わず気持ちが激しくなった。

「着ていた着物の色と柄は？」

「茶の格子縞だ」

「茶の格子……」

栄次郎はあっと声を上げそうになった。昨日の三人連れのひとりに似ている。

「栄次郎どの、どうした？」

孫兵衛がきいた。

「いえ」

まだ、はっきりしたわけではないので、栄次郎は口に出来なかった。

「何か心当たりがあるのではないのか」

孫兵衛は執拗にきいた。

「少しでもどんなことでもいいから手掛かりが欲しいのだ」

「じつは昨日、ある場所で三人連れの男とすれ違いました。両脇の男が真ん中にいた二十七、八の男の腕を摑んでいました」

昨日の三人連れについて話した。

「どこだ、場所は？」

「私の思い過ごしかもしれません。私なりに調べてお知らせいたします」

「いや、間違いないように思える。期待している」

孫兵衛は少し元気を取り戻していた。

翌朝四つ（午前十時）頃、栄次郎は深川佐賀町の口入れ屋『三隅屋』の暖簾をくぐった。

文机の前に座っていた主人が思わず眉を寄せた。

「たびたび、すみません」

栄次郎は詫びる。

「いえ」

三隅屋は渋い顔で、

「で、今日はなんですね」

と、きいた。

「近本紋三郎さまのお屋敷には行ったことがありますか」

「ええ、何度か」

三隅屋は怪訝そうに答える。

「最近は？」

「丑松が金を持って逃げたと抗議がきたあと、お詫びに上がりました」

「あの屋敷で賭場《とば》が開かれていませんか」

昨日の三人が屋敷に入って行ったのは賭場が開かれているからではないかと思った

のだ。そうなると、賭場の客として藤吉もやって来たかもしれない。藤吉と丑松の接点が生まれるのだ。

「いや、賭場は開かれていませんよ」

三隅屋は否定した。

「開かれていない？」

「ええ。それは間違いありません。賭場が開かれていたら、あっしらの耳にも入ります。もちろん、最近はじめたのなら、まだあっしらの耳に入っていないってこともありますが、まずないと思いますよ」

「近本さまはどのようなお方なのですか」

「派手好きで見栄を張るお方のようです。詳しいことはわかりません」

「そうですか」

「わかりました」

栄次郎は『三隅屋』を出て、竪川のほうに向かった。

近本紋三郎の屋敷の前にやって来た。

昨日の門番に、

「すみません。中間の松助さんにお会いしたいのですが」

と、声をかけた。

「待っていろ」

門番は中間部屋に呼びに行った。

ほどなく、松助がやって来た。

「なんですね、また」

一昨日と違い、松助の顔付きは厳しいようだった。

「一昨日、私が引き上げたあと、三人連れの男がお屋敷に入って行きました」

「ああ、あのひとたちですか。道具屋ですよ」

「道具屋？」

「古くなった簞笥や火鉢などを始末したんです。それを受け取りに来ただけです」

「どこの道具屋ですか」

「なんで、そんなことをきくんですね」

松助は不快そうに眉を寄せた。

「三人連れのひとりに用があるんです。二十七、八の細身の男です」

「お侍さん。申し訳ありませんが、当家がどこの道具屋を使っているかなど、他人《ひと》さまに教えるわけにはいかないんですよ」

「なぜですか」

「どんな品物を処分したのか、他人には知られたくないんですよ。これは用人さまにきつく言われていることですから、あしからず」

そう言い、松助は中間部屋に戻って行った。

門番にも、栄次郎はきいた。

「一昨日の三人連れはほんとうに道具屋ですか」

「そうだ」

「一昨日のうちに、引き上げたのですか」

「そうだ。もういいだろう。帰ってもらおう」

門番は高圧的に言う。

「わかりました」

栄次郎は引き返した。三人連れのことを持ち出したら、松助も門番も態度が急変した。

やはり何かありそうだ。しばらくして、後頭部に視線を感じ、途中で振り返った。長屋の連子窓《れんじまど》の向こうにひと影が見えた。

誰かがじっと見ている。栄次郎も見返した。やがて、ひと影は消えた。

栄次郎は竪川沿いを大川に向かった。川船が上って行く。栄次郎ははっとした。

(船か……)

あの二十七、八の男を近本紋三郎の屋敷内で殺し、死体を船に運んで浜町堀まで棄てに行ったのではないか。

あの三人は何者か。近本家の奉公人か。あの屋敷で何が行なわれているのか。


半刻(一時間)後、栄次郎は浜町堀にやって来た。

自身番に寄り、死体が見つかった場所を教えてもらった。橋の近くだ。

栄次郎はそこに立った。竪川を出た船は、大川を突っ切り、浜町堀に入り、この辺りで死体を棄てたのだ。

あの男は何者か。なぜ、殺されねばならなかったのか。

背後にひとの気配がした。

「お侍さん」

声をかけられ、栄次郎は振り返った。

三十過ぎの色白の同心と五十年配の岡っ引きが近づいて来た。同心は飯野朝太郎だ。

「今、自身番できいてきたんですが、お侍さんはどうしてここに? ひょっとして、ホトケの身許をご存じなんですかえ」

　疑いの目を向けて、岡っ引きがきく。

「その前におききしたいのですが、殺しは一昨日の夜ですね」

「ええ、検死でも、一昨日の夜ということになってます。お侍さん、やはり、何かご存じのようですね」

「一昨日、すれ違った男ではないかと」

「そなた、どこですれ違ったのだ？」

　飯野朝太郎が口をはさんだ。

「すれ違った男かどうか、確かめたいのですが。ひと違いでしたら、よけいな手間をかけさせてしまいますので」

「いいだろう。ホトケは今、奉行所だ。御足労願おうか」

「わかりました」

「そなたの名は？」

「矢内栄次郎と申します」

「矢内どのだな。では、参ろう」

　朝太郎は栄次郎を南町奉行所につれて行った。

四半刻（三十分）後に、栄次郎は奉行所の裏庭で、ホトケの顔を見た。

「いかがか」

朝太郎が意気込んできいた。

「間違いありません。私が見かけた男です」

「そうか」

朝太郎はほっとしたように言い、

「で、どこでだ？」

「深川の林町《はやしちょう》四丁目に隣接している武家地です。三人連れで、このホトケは両側からはさまれたまま、旗本の近本紋三郎さまのお屋敷に入って行きました」

「なに、旗本」

たちまち、朝太郎の表情が曇った。

「じつは、さっき近本さまのお屋敷の中間と門番にもきいたのですが、きのうの三人は道具屋だと言い訳をしておりました。とうてい、そうは見えませんでした」

栄次郎は続ける。

「このホトケは屋敷の中で殺され、船で浜町堀まで運ばれて棄てられたのだと思います。ですが、証《あかし》はありません」

「わかった。慎重に調べてみよう」

朝太郎は言ってから、

「それにしても、そなたはなぜ、その場所にいたのだ？」

と、疑問をぶつけきた。

「霊岸島の大川端町で、丑松という男が殺されました。この丑松が半年前まで、近本さまのお屋敷で中間をしていたと聞いて、確かめに行ったのです」

「霊岸島は玉井重四郎さまの管轄だ」

「じつは、丑松の死体を見つけたのは私なんです。ですから、玉井さまにも事情をきかれています」

その経緯をかい摘んで話した。

「すると、このホトケの件と丑松殺しに何か関係があるのか」

「丑松が奉公を辞めたのは半年前ですから」

「別の事件か」

「そうだと思います。ただ、どこかで何かが繋がっているような気もしますが……」

栄次郎は確信のないまま言った。

栄次郎は奉行所を出て、数寄屋橋《すきやばし》御門を抜けて帰途についた。

浜町堀に差しかかったとき、羽織姿の男が川っぷちに立っているのが見えた。死体が棄てられていた辺りだ。

近付いて、その男の横顔を見て、栄次郎はおやっと思った。

伊佐治だった。押込みがあった『近江屋』の前にも姿があった。手を合わせていた。

ホトケの知り合いなのか。

栄次郎は近付き、声をかけた。

「伊佐治さん」

はっとしたように伊佐治が振り返った。

「栄次郎さん」

伊佐治は呟いた。

「お知り合いですか」

栄次郎はわざとそうきいた。

「えっ?」

伊佐治はきき返した。

「ここで見つかったホトケさんです」

「とんでもない」

伊佐治はあわてて否定した。

「近くの親方のところまでやって来たら、ここで死体が見つかったと聞いて、哀れに思って手を合わせに来ただけです」

「そうでしたか」

栄次郎は伊佐治の横に立って堀を見た。

「ホトケは別の場所で殺され、船でここまで運ばれて来たのでしょう」

「…………」

栄次郎は勝手に続けた。

「じつは、一昨日、殺された男とすれ違ったんです」

「すれ違った？」

「ええ、三人連れでした。殺された男は両脇からはさまれていました。すれ違うとき、その男が私のほうを見ていたのです。その目は何か言いたげに思えました。行きすぎたあと、ひょっとして助けを求めたのではないか。そんな気がして、すぐあとを追おうとしたら、ある旗本屋敷に入ってしまいました」

「旗本屋敷？」

伊佐治が訝《いぶか》しげにきいた。

「ええ。これは想像ですが、男はその屋敷で殺されたんだと思います」

栄次郎は伊佐治の様子を窺った。

伊佐治の顔は強張《こわば》っているように思えた。

「すみません、よけいなことをお話しして」

栄次郎はあえて言ったが、伊佐治は軽く首を横に振った。

「伊佐治さん。もし、何かあったら、浅草黒船町まで訪ねてくれませんか。伊佐治さんとゆっくりお話がしたいのです」

そう言い、栄次郎は伊佐治から離れた。

橋を渡って振り返ると、伊佐治はまだその場に立っていた。

第四章　押込み

一

朝餉《あさげ》を食べ終わったあと、栄次郎は兄の栄之進の部屋に行った。

「兄上、調べていただきたいのですが」

「うむ」

兄は気難しそうな顔で頷く。亡き父にますます似てきたような気がし、栄次郎はしばらく見入っていた。

「栄次郎。どうした、黙ってしまって」

「あっ。すみません」

栄次郎はあわてて謝《あやま》り、

「父上を思い出して」

「父上を？」

「はい。兄上はますます父上に似てきました」

「そうか。似てきたか。俺もあのような気難しそうな顔になっているか。自分ではそういうつもりではないんだが」

兄は顔をさすりながら苦笑する。

「わかっています。兄上ほど気さくなお方はいません」

兄嫁が亡くなって以降、塞ぎ込んでいた兄を深川の安女郎屋に誘ったことがあった。渋っていた兄はその後はひとりで通い、女たちを集めて笑わせていた。これが兄のほんとうの姿だと思う。ただ、昔から矢内家の長子《ちょうし》としての立場を考えて自分を律して生きてきたのだ。

「そんなことより、何を調べればいいのだ？」

兄が催促した。

「はい。旗本の近本紋三郎さまがどういうお方か、さらに役職などを」

「近本紋三郎……」

兄は首を傾げ、

「何かで聞いた名だ」

と、呟いた。

「そうだ。思い出した。去年、妻女が不慮《ふりょ》の死を遂げた。庭で木の枝に引っかかった布を取ろうとして踏み台から落ち、庭石に頭を打ちつけて亡くなった。ところが、妻女の実家でその死に疑惑があると騒いだ。というのも離縁の話し合いが続けられていた最中だったそうだ。実家のほうは持参金の返済を逃れるために殺したと疑っているのだ」

「で、どうなったのですか」

「証《あかし》があるわけではなく、事故ということで落ち着いた」

「近本さまはお幾つなのでしょうか」

「三十そこそこであろう。五年前に跡目を継いだと聞いている」

「お役は？」

「確か、小普請《こぶしん》だ」

「そうですか」

「近本さまがどうかしたのか」

兄が厳しい顔できいた。

「じつは、お屋敷に妙な連中が出入りしているのです」

「妙な連中?」

「はい。その中のひとりが殺されました」

栄次郎は近本紋三郎の屋敷に行った帰りに三人連れの男とすれ違ったことから、そのうちのひとりが浜町堀で死体となって見つかった経緯を話した。

「近本さまの屋敷内で殺されたのではないかと疑っているのか」

「はい。松助という中間や門番の態度からも秘密めいたものを感じました」

「よし、近本さまのことをもう少し深く調べてみよう」

「お願いします」

「母上が何か言っていたらしいな」

思い出したように、兄がきいた。

「はい。『和泉屋』で三味線を弾いたことがお耳に入ったようで、お叱りを受けました」

「それなんだが、どうして母上の耳に入ったのだろう」

「『和泉屋』に出入りの商人か職人が矢内家にも出入りしていたのかもしれません。告げ口というより、悪気なく母上に話したんではないかと」

「そうであろうか」

兄は首を傾げ、

「同じ出入りの業者がいるとは思えぬが」

「そうですね」

あの会に招かれた商人や職人の中に、矢内家に出入りしている者がいたかどうか。

「まさか、あの武士が……」

「武士？」

「はい。旗本の大河内主水さまのご家来が招かれていました」

「大河内主水さまか」

「大河内さまをご存じですか」

「一度、お目にかかったことがある。小普請組の御家人の不始末のことで」

「小普請組の不始末？」

思わず、栄次郎はきき返した。

「そうだ。ある御家人が喧嘩で相手に怪我をさせ……」

「いえ、不始末のほうではなく、大河内さまはどのようなお役なのですか」

「小普請支配だ」

「小普請支配ですか。すると、近本紋三郎さまとは満更《まんざら》縁がないわけではありませんね」

「そうだが、間に組頭がいるので、直接のつきあいはないと思うが」

「どうした？」

考え込んだ栄次郎に、兄はきいた。

「念のために、大河内さまと近本さまのつきあいの程度を調べられますか」

「さあ、それは難しいと思うが、やってみよう」

栄次郎は兄の部屋を出て、自分の部屋に戻り、外出の支度をした。


本郷通りを経て、神田旅籠町の『和泉屋』に着いた。

客間で待っていると、藤右衛門がやって来た。

「お待たせいたしました」

そう言い、藤右衛門は腰を下ろした。

「その後、何も変わったことはないようですね」

栄次郎はきいた。

「はい。薄気味悪いぐらい、何もありません」

　藤右衛門は安心したように言ったあとで、表情を曇らせた。

「やはり、丑松という男の背後に藤吉がいたのではないかと、近頃思えてなりません」

「どうして、そう思われるのですか」

「丑松を使って私を殺そうとしましたが、失敗に終わって藤吉の目が覚めたのかもしれません。丑松に襲撃を止めさせようとしたが、言うことを聞かない。それで浪人を雇って丑松を殺した……」

　藤右衛門はいっきに言ってから、

「だから、もう襲撃はないのではないでしょうか」

と、想像を述べた。

「いえ」

　栄次郎は首を横に振った。

「藤吉さんの仕業《しわざ》とは思えません。仮に失敗をして目を覚ましたとしても、あまりにも早過ぎます」

「そうでしょうか」

「もっと何かあるのではないか、そう私は思っています」

栄次郎は言い切ってから、

「つかぬことをお伺いしますが、旗本の大河内主水さまとはどのような間柄なのでしょうか」

と、きいた。

「大河内さまですか」

藤右衛門は意外そうな顔をしたが、

「大河内さまにはたいへんにお世話になっております。他のお旗本や、はたまた大名家へも出入り出来るように取り計らってくださいました」

と、話した。

「失礼ですが、なぜ、大河内さまはそこまで『和泉屋』のために？」

「それは……」

藤右衛門は言いよどんだ。

「お話し出来ないことでしょうか」

「いや」

藤右衛門は首を横に振り、

「じつは、大河内さまにお金をお貸ししております」

と、打ち明けた。

「お金を？」

栄次郎は思わず身を乗り出した。

「いかほど？」

「ここだけの話にしていただけますか」

「わかりました」

「都合、一千両になりましょうか」

「一千両ですって」

思わず、栄次郎は叫ぶように言った。

「三年間で。でも、この四月に半分の五百両を返していただくことになっています」

「それは間違いないのですか」

「もちろん。先日、用人どのがいらっしゃって、返済の約束をしてくださいました」

「そのお金は『和泉屋』としてお貸しに？」

「いえ、『和泉屋』は貸し付けの仕事をしていませんので、あくまで私との約束です」

「そうですか」

栄次郎は腑に落ちないまま頷いた。

「栄次郎さん、何かあるのですか」

藤右衛門は不安そうな顔をした。

「いえ、そうではありません」

栄次郎はそう答えたが、

「失礼なきき方になりますが、万が一、藤右衛門さんがお亡くなりになった場合、貸したお金はどうなりましょうか」

「その場合は、家内に返していただくことになります」

「そのことは先方もご承知なのですか」

「はい」

藤右衛門ははっきり言った。

「わかりました。よけいなことをおききして申し訳ありません」

栄次郎は頭を下げた。

「では、新八さんと代わりましょう」

藤右衛門は立ち上がった。

「すみません」

藤右衛門が部屋を出て行き、ほどなく新八が現れた。

「ごくろうさまです」

栄次郎は労《ねぎら》いの言葉を告げ、

「芝のほうはいかがですか」

と、きいた。

「女郎屋を聞きまわり、それらしき若い男を洗い出したのですが、みな違いました。その中で、藤吉さんの特徴にそっくりな男がいたので確かめたら、女郎屋に行く前には神明宮に必ず寄るそうです」

「では、藤吉さんを見かけたというのは……」

「その男のようです。というのも、神明宮で誰かに間違えられたと言っていました」

新八は落胆したように、

「やはり、芝にはいないんじゃないでしょうか」

「そうですね」

栄次郎は迷ったが、

「新八さん。お願いがあります」

と、口にした。

「なんでしょうか」

「旗本の大河内主水さまの屋敷に忍んでいただけませんか。いえ、お長屋のほうです」

「そこに何か」

「そこに藤吉さんがいないか確かめてもらいたいのです」

「わかりました」

新八はなぜ、そこにいるかもしれないと思ったかとはきかなかった。

「いないことを確かめられればそれでいいので」

考えられることをひとつずつ消していきたいだけだ。

「では、お願いします」

栄次郎は立ち上がった。

『和泉屋』を出たとき、路地を入って行く男を見た。背に籠《かご》を背負い、頭に手拭いを載せた紙屑《かみくず》買いの男だ。

栄次郎はその男のいかつい顔に見覚えがあった。例の三人連れの右端にいて、殺された男の腕を摑んでいた男だ。

栄次郎は曲がり角まで行き、路地を見た。

紙屑買いの男は『和泉屋』の裏手のほうに曲がった。栄次郎は路地に入った。角に立ち、『和泉屋』の裏手を見る。

紙屑買いの男は『和泉屋』の裏口の近くに立ち、塀の上を見ていた。塀の上には忍び返しの杭《くい》が尖った先を上に並んでいる。

やがて、男はその場から移動した。途中でまた塀の上を眺め、そのまま反対側に去って行った。

栄次郎はあとをつけた。

男は旅籠町を出た。それから、筋違橋を渡り、柳原の土手に向かった。

少し離れてあとをつける。男は柳森《やなぎもり》神社に入った。栄次郎は鳥居まで急ぎ、境内に目をやる。

紙屑買いの姿は見えなかった。栄次郎は鳥居をくぐる。拝殿まで行く。男はどこにもいない。

拝殿の裏にまわった。植込みの中に、籠があった。さっきの男が背負っていたものだ。

栄次郎は裏門を出て、川に目をやった。ちょうど川船が岸を離れたところだった。

その船に、さっきの男が背を向けて座っているのがわかった。

ただの紙屑買いではない。『和泉屋』の様子を窺っていたのだ。船を目で追いながら、大川を横切って竪川に入って行くのだと思った。

本町三丁目の『近江屋』で起きた押込みのことが、栄次郎の脳裏を掠めた。

孫兵衛の話では、二年前ほどから東海道の宿場やご城下で暴れまわっている盗賊がいて、押込み先で平気で殺しをする。この連中が江戸にやって来たのかもしれないと言っていた。それは押込みの手慣れた鮮やかな手口からだが、奇妙なことがあるという。盗みはすれど非道はせずという猿霞一味の動きがぴたっと、二年前から止《や》んでいる。

この猿霞一味は数年ごとに江戸にやって来て、荒稼ぎをしたあと、さっと江戸から去って行く。そういう盗賊だった。

猿霞一味が宗旨替えをしたのではないかと、孫兵衛は言っていた。

孫兵衛の言うように狂暴化した猿霞一味が江戸に現れ、押込みをはじめたという考えは外《はず》れていないように思える。

ただ、さっきの男が猿霞一味の者なら、『近江屋』の押込みからそう日数は経っていない。立て続けに、押込みをするのか。

さっきの男は旗本の近本紋三郎の屋敷に入って行った。あの屋敷が押込み一味の隠れ家になっているのではないか。栄次郎は証がないものの、そんな気がした。

そのとき、ふいに押込みの現場と浜町堀の死体が発見された場所に立っていた伊佐治の姿が脳裏を掠《かす》めた。

はじめて見かけたときに伊佐治の翳《かげ》のようなものが気になっていた。いったい、何者なのだろうかと、栄次郎は伊佐治に思いを馳せた。

二

『新田屋』にきょうも客は途切れることなく来ていた。場所柄、柳橋の芸者衆の客も多い。簪《かんざし》、櫛《くし》、笄《こうがい》だけでなく、鬢付《びんつ》け油や白粉《おしろい》もよく売れていた。

店の裏側の長暖簾《のれん》の隙間から店を覗いていた伊佐治は満足そうに頷き、居間に戻った。おなかが茶を入れてくれた。

「この分では早く品切れになりそうだ」

伊佐治はうれしい悲鳴を上げた。

「それと、もうひとり雇ったほうがいいんじゃないかしら」

「そうだな。問屋の旦那に相談してみよう」

伊佐治は言い、湯呑みを口に運んだ。

もう吹っ切れたと、伊佐治は思った。嘉六のことも哲次のこともすべて昔のことだ。鮫蔵率いる猿霞一味がどこに押し込み、ひとを殺そうが、自分にはどうする術《すべ》もないのだ。

茶を飲みほしてから、よしと伊佐治は腰を上げた。

「千蔵親方のところですか」

「ああ、引き受けてくれるまで、何度でもこの頭を下げてみせる」

これは、千蔵との闘いだと、伊佐治は思った。

羽織を着て、伊佐治は店を出た。そこで、伊佐治は立ち止まった。店のほうに目をやっている五十過ぎの男に気づいた。

「とっつあんじゃないか」

房吉だった。

伊佐治は駆け寄った。

「とっつあん、どうしたんだ、何かあったのか」

「いや、こっちのほうに来る用があったから、どんな店かと思ってな」

房吉は言うが、顔色は悪い。

「とっつあん、何かあったんじゃねえのか」

伊佐治、昔と縁を切るんだ。その敷居をまたいだら、もう赤の他人同士だ。いいな。房吉はそう言った。もう二度と会わないと言っていた房吉が訪ねて来たのだ。ただごとではないと、伊佐治は思った。

「とっつあん、何があったんだ」

伊佐治はもう一度きいた。

「いや……」

房吉は曖昧な態度をとったが、

「五年前、嘉六がおめえのことを話したとき、確か『和泉屋』の藤右衛門という旦那に恩を受けたそうだと言っていた。そうかえ」

なんで今頃、そんな話をするのかと不審に思いながら、

「そうだ。あのお方のおかげで所帯を持ち、店まで開くことが出来たんだ。俺にとっちゃ嘉六のおかしらと同じに恩義を感じているお方だ」

「そうか。やはり、おめえにとっちゃ大事なひとなんだな」

房吉はため息をついた。

「とっつぁん、どうしたんだ？」

「うむ」

房吉は唸ってから、

「どこか場所を変えよう」

と、辺りを見まわした。

「柳原の土手に出よう」

そう言い、伊佐治は房吉とともに浅草御門を抜けて柳原の土手に足を向けた。

芽吹いている柳に季節の移ろいを感じるが、伊佐治にその情緒に浸る余裕はなかった。

伊佐治はある想像をして、胸が塞がれそうになった。

川っぷちに立った。

「とっつぁん。話してくれ」

「うむ」

房吉は頷いてから、

「昨日、俺のところに鮫蔵が来た」

と、言った。

「なに、鮫蔵が」

伊佐治は目を剝いた。

「なにしにとっつあんのところに？」

「猿霞一味の代を継いだ挨拶だとよ」

「嘉六のおかしらのことは何か言っていたか」

「嘉六は誰に殺されたのかわからないと言っていた」

「自分で殺しといて」

「哲次は？」

「誰に殺られたかわからないととぼけていた」

房吉は顔をしかめ、

「『近江屋』の押込みはおめえたちだなときいたら笑っていた。なぜ、主人夫婦を殺したのだときいたら、子分が勝手にやったことだととぼけた」

「自分で殺しといて」

伊佐治は吐き捨てる。

「鮫蔵の話だと、気の荒い男がいると言っていたが、そうじゃねえ。鮫蔵の仕業だ」

房吉は声を震わせて言い、

「伊佐治、ほんとうはおめえの前に顔を出すかどうか迷ったんだ。だが、やっぱり話しておいたほうがいいと思ってな」

と、苦しそうな顔をした。

「もったいぶらないで、早く言ってくれ」

「鮫蔵が次の狙いを口にしたんだ」

「まさか、『和泉屋』？」

伊佐治は強張った声できいた。

「そうだ。『和泉屋』だ」

伊佐治はかっと頭に血が上《のぼ》った。

「さらに、鮫蔵はこんなことを言った。また、血を見ることになろうが仕方ねえと」

「…………」

「鮫蔵は『和泉屋』に押し込み、間違いなく主人夫婦を殺すだろう。奴は、ひとを殺す快感に酔っているのだ」

藤右衛門を殺させやしねえと、伊佐治は拳《こぶし》を握りしめた。

「押込みはいつだ？」

「いや、教えてくれなかった」

「だが、ついこの間、押込みをしたばかりじゃねえか。確か一千両を盗んだそうだ。なぜ、立て続けに……」

伊佐治は疑問を口にした。

「そこは俺も不思議に思った」

「隠れ家はわからないか」

伊佐治はきいた。

「わからねえ。奴は嘉六の頃のやり方をすべて変えているんだ。だから、俺のところにも誰も来なかった」

房吉は口惜しそうに言う。

「だが、なぜ鮫蔵はとっつあんのところに顔を出したのだ？」

「嘉六と兄弟分だった俺への当てつけだ。俺の前で勝ち誇ることで、嘉六を踏みつけているんだ。残忍な野郎だ」

房吉は血反吐《ちへど》を吐くほどに罵《ののし》った。

「とっつあん。何とか止められないか。奉行所か火盗改に訴えたら」

「無理だ」

「なぜだ？」

「俺にだって裏の世界での信義はある。いくら、鮫蔵が極悪人でも奉行所に訴えるってことは、裏の世界の仲間を裏切ることになる。裏のことは裏で始末をつけるしかねえ」

「裏の世界か」

「おめえだってそうだ。今は堅気であっても、昔の仲間を売るような真似はだめだ。信義は通さねばならねえ。古いと思われるかもしれねえが、嘉六が生きていたら、同じことを言うはずだ」

「じゃあ、どうすればいいんだ?」

「『和泉屋』の藤右衛門にほんとうのことを話すか。そうすると、おめえの昔を知られてしまう」

「……………」

「鮫蔵が押し込む前に、隠れ家を探し、鮫蔵を殺るしかない。だが」

房吉はため息をつき、

「たとえ、鮫蔵を殺ることが出来ても、血に染まった手で、おかみさんや子どもたちを抱くことは出来ねえ。鮫蔵を殺るってことは、家族を捨てることだ」

「……………」

「酷な言い方だが、おめえは今の暮しを捨ててまで恩義ある藤右衛門を守るか。それとも、藤右衛門を見殺しにするかだ」

「とっつあん、あんまりだ」

伊佐治は文句を言った。

「そうだ。あんまりなことは重々承知だ」

房吉は厳しい口調で、

「俺の考えを言おう。おめえは今の暮しを守るんだ」

と、言った。

「藤右衛門の旦那を見殺しにしろっていうのか」

「そうだ。それしかねえ」

「ばかな。そんなことで自分を守ったって……」

「伊佐治、おめえの体はおめえだけのものじゃねえ。おめえの背中にはおかみさんや子どもがいるのだ。おめえには家族を守る務めがあるんだ」

「俺に一生後悔して生きろっていうのか」

「そうだ。恩義あるひとを見捨てた苦しみを抱えて生きていくんだ。ただし、その苦しみを、おかみさんたちに見せちゃだめだ」

「とっつあん、あんまりだぜ」

「仕方ねえ。裏の世界で生きてきた者が表の世界で生きるにはそれだけ苦しみを味わなければならないってことだ」

房吉はやりきれないように首を振り、

「伊佐治、すまなかった。やっぱり知らせなきゃよかった。あとで押込みに入られたと知っても、もはやどうしようもなかったからな」

「いや、仇《かたき》を討とうと思うはずだ」

「そうだな」

房吉は苦痛に顔を歪め、

「俺がもう少し若かったら、鮫蔵と刺し違えるんだが」

「とっつあん、知らせてくれてありがとうよ。これは俺の問題だ。あとは俺が決める。今度こそ、とっつあんとも最後の別れだ」

「そうか。もっと他にいい手立てがあるように思えるが……」

「とっつあん。そんなものないよ。俺はここで少し頭を冷やして行くから」

「そうか。じゃあ、俺は行く」

房吉は名残《なごり》惜しそうに言い、土手を上がって行った。

伊佐治は胸が張り裂けそうになった。恩義ある藤右衛門を見殺しに出来ない。じゃあ、おなかと子どもたちはどうなるのだ。伊佐治は大声で叫びたかった。

栄次郎は伊佐治に会いに茅町一丁目の『新田屋』に行った。

すると、店の前で、伊佐治が五十年配の眼光の鋭い男と立ち話をしていた。だが、ふたりの様子にただならぬものを感じた。特に、五十年配の男は切羽詰《せっぱつ》まったような表情に思えた。

やがて、ふたりは浅草御門のほうに並んで歩いて行った。伊佐治の後ろ姿にどこか身構えたような緊張感が溢れていた。

ふたりは浅草御門を抜けて柳原の土手に向かった。栄次郎は遅れてついて行く。土手に上がると、ふたりは川っぷちで話し合っていた。

声は聞こえないが、伊佐治の様子はもがいているようにも思えた。何か言い合ったり、嘆いたり、まともな話ではないことはわかった。

やがて、五十年配の男がひとりで土手を上がって来た。栄次郎は草むらに身を隠した。男が行きすぎたあと、川っぷちを見た。

伊佐治がひとりで立っていた。考え事をしているようだ。いや、苦しんでいる。声をかけても、打ち明けてくれるとは思えない。

栄次郎はとっさに決断し、五十年配の男のあとをつけた。この男とて、呼び止めて訊ねても話をしてくれるとは思えない。

それより、男の住まいを確かめることが先決だと思い、男のあとをそのままつけた。

男は両国広小路から両国橋を渡った。橋は行き交うひとも多く、かなり男に接近しても気づかれる恐れはなかった。

五十年配の男にもどこか堅気にはない芯の通った強さのようなものを感じた。伊佐治に通じるものがある。

橋を渡り切り、男は左に折れ、大川沿いの道を吾妻橋《あづまばし》方面に向かった。とたんにひと通りも少なくなり、距離をとった。

右手に武家屋敷が並んでいる。そこを抜けると町屋になった。石原町だ。

男は石原町の町筋を行き、やがて雨戸が閉まった商家の前にやって来て裏にまわった。しばらくして潜り戸が開いてさっきの男が出て来た、そして、雨戸を開けた。

栄次郎は近付いた。道具屋だ。火鉢《ひばち》から簞笥《たんす》、煙草盆《たばこぼん》や木刀などが板敷きの間に並べられていた。

「すみません」

栄次郎は声をかけた。

「どうもいらっしゃいまし」

男は客と間違えた。

「客ではないんです」

「へえ」

男は顔に不審の色を浮かべた。

「私は矢内栄次郎と申します。じつは謝らなければならないのですが、柳原の土手からずっとついて来たんです」

「…………」

男の目が鈍く光った。

「伊佐治さんのことで少しおききしたいことがあるのですが」

「矢内さまは伊佐治とどのような関係で？」

男は警戒気味にきいた。

「『和泉屋』の藤右衛門さんのところでお会いしました」

「…………」

「じつは伊佐治さんを妙な場所で二度お見掛けしましてね。何か、伊佐治さんは困った事態に陥《おちい》っているのではないかと思いました」

「どこで見たっていうんですか」

「一度は、押込みのあった『近江屋』の前。もう一度は、浜町堀で死体が棄《す》てられていた場所。そこでは合掌《がっしょう》していました」

「合掌……」

「ええ、殺された男を知っているのではないか。そんな気がしました」

「………」

「私は殺された男とすれ違っていたのです」

栄次郎は三人連れの男の話をした。

「その三人が入って行ったお屋敷はどこなんですね」

男はきいた。

「ある旗本屋敷です」

栄次郎はあえて名を伏せた。

「おそらく、そこで男を殺し、死体を船で浜町堀に運んだのだと思われますが、その確証は得られておりません」

「矢内さまは、どうしてこのことに首を突っ込まれたのでしょうか」

「一度、藤右衛門さんは殺し屋に襲われそうになりました。私が助けに入ったのですが、その前に伊佐治さんが殺し屋の男の挙動に不審を抱いていたのです。それで、私も殺し屋の男の動きに注意を向けていたのです」

「藤右衛門さんが狙われた？」

男はきき返した。

「ええ。その後、襲われることはなくなりましたが、まだ敵は諦めていないはずです。また、何らかの手立てで藤右衛門さんを殺そうとするかもしれません。そのことと、伊佐治さんは関わりありませんが、私が気になるのは押込みの件です」

「…………」

「奉行所のほうでは、猿霞一味ではないかと見ているようですが、猿霞一味は殺生はしなかったようです」

「猿霞一味です」

いきなり、男は言った。

「えっ？」

突然の訴えに、栄次郎は戸惑った。

「『近江屋』に押し入ったのは猿霞一味です。ですが、二年前までとはおかしらが違います」

「おかしらは？」

「鮫蔵という男です。二年前、前のおかしらを殺し、猿霞一味を乗っ取ったんです」

「どうしてご存じなのですか」

栄次郎は驚いてきいた。

「あっしは殺されたおかしらとは兄弟分のようにつきあってきました。お願いです、伊佐治を助けてくれませんか」

「わかりました。必ず」

男は房吉と名乗ってから、すべてを語った。

栄次郎は敵の狙いがおぼろげにわかってきた。

「よくお話しくださいました。伊佐治さんのことはお任せください。房吉さんにも迷惑がかからないようにします」

そう約束をし、栄次郎は石原町をあとにした。

三

その日の夕方、栄次郎は新八、そして同心の飯野朝太郎と益三《ますぞう》という五十年配の岡っ引きとともに、向かいの屋敷の塀の角から近本紋三郎の屋敷の門を見ていた。

今夜、新八に藤吉がいるかどうか大河内主水の屋敷に忍んでもらうつもりだったが、急遽、新八に会い、こっちにつきあってもらったのだ。

辺りが薄暗くなったとき、潜り戸から数人の男が出て来た。その中に、殺された男といっしょにいた男の顔もあった。最後に出て来たのは大柄な三十七、八ぐらいの男だ。鋭い眼光で左右を確かめ、竪川のほうに向かった。

あの男が鮫蔵であろうかと、栄次郎は思いながら、新八とともにあとをつけた。朝太郎たちはその場に残った。

男たちは一ノ橋《いちのはし》の南詰を左に曲がり、一つ目弁天《べんてん》前にある料理屋に入って行った。

栄次郎たちは一つ目弁天の脇の路地から料理屋を見た。しばらくして、一ノ橋から頭巾をかぶった商人ふうの男が現れた。

「あのときの男だ」

栄次郎は思わず口に出た。『三隅屋』で見かけた男だ。

「丑松の死体を私に発見させた男です」

栄次郎は新八に小声で言ってから、

「あの男が引き上げるとき、あとをつけてくれませんか」

と、頼んだ。

「わかりました」

新八は応じた。

最近の暖かさで梅もいっきに花を咲かせていた。

半刻（一時間）も経たないうちに、頭巾の男が料理屋を出て来た。女中に見送られて一ノ橋のほうに向かった。

「では」

新八は裾をつまんであとを追った。

それから、しばらくして、鮫蔵と思《おぼ》しき男と数人も出て来た。

来た道を戻って行く。栄次郎はあとに続いた。竪川沿いを林町四丁目まで行き、町を突っ切った。

男らは近本紋三郎の屋敷に消えた。

栄次郎は朝太郎と益三のそばに行った。

「どうでしたか」

朝太郎がきいた。

「頭巾の男と会ったようです。新八さんが頭巾の男のあとをつけて行きました」

「侍ですか」

「商人らしい姿でしたが、武士かもしれません」

栄次郎はあの男は武士のような気がしてきた。

それから四半刻後に中間の松助が潜り戸を出て来た。益三がつけて行ったが、すぐに戻って来た。

「夜泣きそばです」

益三が言う。

それほど間がかからず、松助は屋敷に戻って来た。

「今夜は何事もなさそうですね」

益三が呟く。

「明日かもしれません」

栄次郎は言い、

「一味を捕まえるには『和泉屋』に押し込んだところを一網打尽にするしかありません。手配していただけますか」

「わかりました」

朝太郎は緊張した声で応じた。

「すべては明日の夜です」

栄次郎は身を引き締めるように呟いた。


翌日の朝、栄次郎は神田旅籠町の『和泉屋』に行った。

客間で、新八と会った。

「やはり、駿河台の大河内主水の屋敷に入って行きました。あの男は昭島大次郎《あきしまだいじろう》という家来でした」

「屋敷に忍んだのですか」

「ええ。あのあと、用人らしき男と会っていました」

「やはり、今夜のようですね」

今日の夜、鮫蔵に『和泉屋』に押し入る手筈を話しに行ったのに違いない。

「それから、長屋の中間《ちゅうげん》部屋に藤吉さんらしき若い男がいました。声をかけて確かめようかと思ったのですが、万が一騒がれたらまずいと思い、そのまま引き上げました」

「いや、よくやってくれました」

栄次郎は藤右衛門を呼んでもらった。

「藤右衛門さん、驚かないでください」

栄次郎はそう前置きをし、

「今夜、『和泉屋』に押込みが入ると思います」

「なんですって」

藤右衛門は目を見開いた。

「先日、本町三丁目の『近江屋』に押し入った連中です」

「奉行所も賊の動きを摑んでいます。私も必ずお守りしますので、ご安心ください。ただし、他の方にはこのことは内密に」

「なぜですか」

「この押込みには裏があるからです。この屋敷の中に、押込みを手引きする者がいるかもしれないのです」

「まさか」

「それに、押込みを退治するだけでなく、その背後にいる者もあぶり出さないとならないのです」

「…………」

「お願いがあります」

「なんでしょうか」

「今夜、私もこの屋敷で待機したいと思います。奉公人にもうまく話しておいていただけませんか。さっきも申しましたように、押込みを手引きする者に気づかれないように」

「わかりました」

「それから、昭島大次郎という侍をご存じですか」

「昭島さまは『和泉屋』に出入りしています。私の長唄の会にも用人さまといっしょにお出でくださいました」

「あの場にいたのですか」

三人の侍がいたが、そのうちのひとりが昭島大次郎だったようだ。あのとき、目立たないようにあえて控えめにしていたのかもしれない。

「では、また夕方に参ります」

栄次郎は立ち上がった。

『和泉屋』を出ると、あとについて来る者がいた。益三だった。

「矢内さま、うちの旦那が向こうで」

益三は斜め前にある酒屋の二階に栄次郎を案内した。

そこに、朝太郎が待っていた。

「この部屋を借りることにしました」

そう言い、窓を指さした。

栄次郎は窓辺に寄った。そこから『和泉屋』の店先と裏口に向かう路地の入口がよく見えた。

「あとは、周辺にも捕り方を待機させます」

朝太郎は自信に満ちた声で、

「鼠《ねずみ》一匹逃しません」

と、言い切った。

「私は中にいて『和泉屋』のひとたちを守ります」

「賊が『和泉屋』の庭に入ったとき、いっせいに飛び出します」

「わかりました」

栄次郎はすぐに酒屋を出て、伊佐治のところに向かった。

伊佐治は胸を掻きむしっていた。鮫蔵は『和泉屋』に押し込み、藤右衛門夫婦を殺すつもりだ。

なぜ、『近江屋』に押し入ったばかりなのに、立て続けに押し込むのか。これまでになかったことをなぜ行なうのか。

そのことを考え続けていたが、藤右衛門が丑松に襲われたことを思い出して、伊佐治はあることに思い至った。

鮫蔵の背後に誰かがいるのではないか。誰かはわからないが、藤右衛門を消したがっている者だ。

鮫蔵の狙いは千両箱だけでなく、藤右衛門夫婦の命だ。押込みに殺されたのなら、黒幕は疑われることなく安全だ。

藤右衛門を見殺しに出来ない。恩を返すときがきたのかもしれない。

嘉六のおかしらや哲次の仇を討つのは俺しかない、と伊佐治は思った。今夜から口実を作り、『和泉屋』に泊めてもらおう。

鮫蔵が押し込んで来たら体を張って藤右衛門を守るのだ。もう五年も匕首《あいくち》を持っていない。腕はかなり鈍《なま》っている。だが、鮫蔵と相討ちならなんとかなるはずだ。

おなかや子どもたちは衝撃を受けるだろうが、この店があり、そこそこの金もある。俺がいなくても、暮しには困らない。

おなかに今日から数日間、『和泉屋』に泊めてもらうと、どう切り出すか考えていると、おなかが顔を出した。

「おまえさん、矢内栄次郎さまがお見えだけど」

おなかが微笑《ほほえ》みながら言った。

「矢内さまが……」

浜町堀で声をかけられたが、栄次郎は何かに勘づいているようだった。

「そうか。ちょっと矢内さまと外に出て来る」

そう言い、伊佐治は立ち上がった。

店先に矢内栄次郎が立っていた。

「矢内さま」

伊佐治は頭を下げ、

「どこか別の場所で」

と、外に出て言った。

栄次郎は何も言わずについて来た。

伊佐治は迷ったが、房吉と話し合った柳原の土手に向かうことにした。他人に話を聞かれない場所となると、そこしか思いつかなかった。

浅草御門を抜け、柳原の土手に上がって川っぷちに行った。栄次郎は黙ってついて来た。伊佐治は立ち止まり、

「ここでお話を」

と、栄次郎に向き直った。

「房吉さんとお話しした場所ですね」

栄次郎がいきなり言った。

「…………」

伊佐治は唖然として言葉を失った。

「伊佐治さん。房吉さんからお聞きしました」

「房吉とっつあんが？」

やっと伊佐治は口を開いた。

「房吉さんから、あなたを助けるように頼まれました。ひょっとして、あなたは『和泉屋』に泊まり込んで、鮫蔵が押し込んで来たら相討ち覚悟で鮫蔵に立ち向かって行

くつもりじゃありませんか」

「どうしてそれを……」

図星を指され、伊佐治は啞然とした。

「今夜、鮫蔵一味は『和泉屋』に押し入ると思います。藤右衛門さん夫婦を殺すために。でも、奉行所の捕り方が待ち構えています。ですから、あなたは家にいてください。藤右衛門さんのことは私に任せてください」

「鮫蔵たちの隠れ家はどこなんですか。江戸に来て、どこに隠れていたかを知りたいだけなんです」

伊佐治は訴えた。

「深川の林町四丁目、旗本の近本紋三郎さまのお屋敷です。近本さまと鮫蔵がどういうつながりがあるかわかりませんが」

「………」

「伊佐治さん。あなたはもう昔のあなたではないんです。あとは奉行所を信頼して、どうぞ家族から離れないようにしてください」

「わかりました」

伊佐治は大きくため息をついた。

その夜、栄次郎は『和泉屋』の勝手口に近い部屋で新八とともに待機した。

おそらく大河内主水の息がかかった奉公人が裏口を開けて、鮫蔵たちを引き入れるはずだ。

ゆっくり時は流れ、遠くから木戸番屋の見まわりの拍子木《ひょうしぎ》の音が聞こえてきた。四つ（午後十時）だ。

拍子木の音が遠ざかり、静寂が訪れた。

「庭に出てみます。騒ぎがはじまったら、藤右衛門さんのそばにいてください」

「わかりました」

栄次郎はゆっくり部屋を出て、雨戸を開けて庭に出た。

月影がさやかで庭を明るく照らしていた。光の射さない樹の陰は真っ暗だ。栄次郎はその暗がりに身を潜めた。

ふと草を踏む足音が微《かす》かに聞こえた。母屋のほうからひと影が現れた。下男のようだ。下男を手なづけたのかと思いながら下男の姿を目で追うと、案の定裏口に向かった。

下男は裏口の扉の閂《かんぬき》を外した。そして、素早く引き返した。

ほどなく、裏口の扉がゆっくり開いた。

黒装束の男たちが入って来た。五人ほど入ったとき、塀の外で喧騒が起こった。捕り方が飛び出したのだ。

先に庭に入った賊があわてた。そこに栄次郎が出て行った。

「待っていた」

「ちくしょう」

先頭にいた賊が匕首を構えて飛びかかって来た。

栄次郎は刀を抜いて匕首を弾《はじ》き飛ばし、賊の肩を刀の峰で叩いた。賊は悲鳴を上げて倒れた。

外でも騒ぎは大きくなっている。賊が裏口から出ようとしたが、すぐ戻って来た。

大柄な賊が匕首を振りまわして襲って来たが、栄次郎は簡単に撥ねつけ、その賊の脾腹《ひばら》を打った。

「かしらの鮫蔵はどこだ？」

栄次郎は残りの三人にきく。

その中に、鮫蔵はいないようだ。やがて捕り方がどっと踏み込んで来た。こっちに逃げて来た賊を投げ飛ばした。

あっと言う間に、賊は捕縛された。

栄次郎は裏口から外に出た。賊が何人も捕まっていた。栄次郎は賊を見まわした。

「鮫蔵は?」

栄次郎は朝太郎にきいた。

「この男では?」

朝太郎が後ろ手に縛られてもふてぶてしくしている男を指さした。

栄次郎はその男の頬被《ほおかむ》りをとった。が、現れた顔はきのう見た男のものでなかった。

「違います。鮫蔵ではありません」

「あっ」

朝太郎も声を上げた。

栄次郎はいきなり駆けだした。筋違橋を渡り、柳原通りに入る。ずっと先に、逃げて行く賊の姿が月明かりに浮かび上がった。

栄次郎は追った。両国広小路に差しかかったとき、鮫蔵の姿は両国橋の真ん中辺りに達していた。

近本紋三郎の屋敷に逃げ込まれたら厄介なことになる。だが、鮫蔵はかなり先に行っていた。

近本紋三郎の屋敷は門が閉まっている。伊佐治はその門から離れた場所で待っていた。

すばしこい鮫蔵のことだ。必ず包囲網を破って逃げて来る。そう睨んでいた。

鮫蔵が『和泉屋』で捕まるか、それとも逃げて来るかで、伊佐治の運命が決まるのだ。もし、逃げて来たら、嘉六や哲次の仇は伊佐治が討たねばならない定めだったということだ。夜が更け、風がひんやりしてきた。

おなかは急に出かけた伊佐治を心配しているだろう。おなみと伊太郎はやすらかに眠っているに違いない。

微かに地を蹴る音が聞こえてきた。鮫蔵だと確信した。やはり、俺の運命はこっちだったのだ。おなか、子どもたちを頼んだぜ。伊佐治は心で呼びかけた。

黒い影が迫って来た。伊佐治は通りの真ん中に出た。

途中で、黒い影は足を止めた。が、ゆっくり近付いて来た。

「伊佐治か」

「鮫蔵、久しぶりだな」

伊佐治は足を踏み出した。そして、三間（約五・四メートル）ほどの間隔を置いて両者は立ち止まった。

「伊佐治、堅気になったてめえがなぜ俺の前に現れたんだ。一味を離れたら赤の他人だという嘉六のおかしらの掟を忘れたか」

「なぜ、おかしらを裏切ったんだ？」

「なんのことだ？」

「おかしらをなぜ、殺したのだ？　自分がおかしらになりたかったのか」

「そうか。哲次だな。哲次がおめえに要らぬ告げ口をしたってわけか」

「その哲次も殺した」

「おめえが一味を脱けるようにそそのかしたのか」

「おめえの残忍なやり方についていけなかったんだ。嘉六のおかしらを殺し、哲次まで殺しやがって」

「おかしらは耄碌《もうろく》してきた。殺生はならねえだと、笑わせるぜ。ひとさまの金を盗んでいるんだ。盗みもひと殺しも悪事には変わりねえ。押込み先で、騒いだ番頭を殺したら、俺を罵倒しやがった」

鮫蔵は頬被りを外して、

「伊佐治、そこをどくんだ」

と、一歩前に出た。

「おめえはここで嘉六のおかしらと哲次のあとを追うんだ」

伊佐治は懐《ふところ》に呑んでいた匕首を抜いた。

「やるのか。所詮《しょせん》、おめえは堅気にはなれなかったんだな」

鮫蔵は冷笑を浮かべた。

「そのようだ。おかしらが早く仇をとってくれと言っている」

伊佐治は匕首を構えた。

「匕首を持つのは五年振りだろう。ぎこちないぜ。かなり、腕は鈍っているようだ」

「わかっている。だが、相討ちなら十分にいけるぜ」

「なに」

鮫蔵の顔色が変わった。

「鮫蔵、おめえをおかしらの前に連れて行く」

伊佐治は匕首を腰の辺りで構え、突進しようとした。

そのとき、走って来るひと影が目に入った。

「待て」

栄次郎だ。

に刺さった。

鮫蔵は匕首を振りかざして来た。そのとき、小刀が風を切って飛んで来て鮫蔵の腕
鮫蔵の動きが止まった。鮫蔵は腕を押さえ突っ立っていた。伊佐治はここぞとばか
りに匕首を構えて鮫蔵に飛びかかろうとした。

「止《や》めなさい」

栄次郎が駆けつけて来た。

「伊佐治さん、止めるんだ」

「こいつは俺の恩人を殺したんだ。仇を討たなくては、あの世でおかしらに顔向け出
来ないんだ」

「伊佐治さん。あなたは堅気のひとだ。仇討ちは奉行所に任せるんです。おかみさん
やお子さんを泣かすような真似をしてはだめです」

「………」

伊佐治ははっと我に返った。

とたんに、おなかや子どもたちの顔が脳裏を掠めた。

「伊佐治さん。町方がそろそろ追いついて来る頃です。かち合わないようにこの場を

引き上げてください」

　そのとき、鮫蔵が屋敷に向かって走ろうとした。栄次郎が足をかけると鮫蔵はつんのめった。

　栄次郎は鮫蔵を押さえつけた。

　複数の足音が近づいて来た。

「伊佐治さん。さあ、早く逃げてください」

「栄次郎さん、すまない」

　伊佐治は反対方向に駆けだし、大まわりして両国橋を渡った。

　家に帰り着き、伊佐治は裏口から入った。杓《ひしやく》で水瓶の水をすくい、喉に流し込んだ。

　背後にひとの気配がした。振り返ると、おなかが立っていた。

「おまえさん」

「すまない。『和泉屋』さんに泊まって来るつもりだったんだが……」

　いきなり、おなかが土間に下り、伊佐治にしがみついて来た。

「どうした？」

「もう帰って来ない気がして」

おなかが泣き声で言う。

「ばかだな。俺がおまえたちを置いてどこかへ行くと思っているのか」

心の奥から突き上げてくるものがあって、

「おなか、すまなかった。心配かけて」

と、伊佐治はおなかを強く抱き締めた。俺にはかけがえのない家族がいるのだと、胸を熱くした。

四

翌日、栄次郎は新八とともに近本紋三郎の屋敷に行った。

屋敷に近付くと、新八はどこかに消えた。

栄次郎は門の前に立ち、門番に松助を呼んでもらった。

まだ、松助は姿を晦《くら》ましていなかったようだ。

やがて、松助が現れた。

「昨夜の騒ぎ、お気付きではありませんでしたか」

栄次郎は顔色を窺った。

「いや、何も」

松助はとぼけた。

「昨夜、押込みに失敗をした猿霞一味の鮫蔵がこの屋敷に逃げ込む前に取り押さえられました」

「…………」

「お屋敷に、猿霞一味がもぐり込んでいましたね」

「なんの話で？」

「一味の者が白状しています。さっそく近本さまの上役の許しを得て、今日明日にも奉行所の者がこちらに事情を伺いに来るはずです」

栄次郎は鋭く見据え、

「猿霞一味がここにいた事実は隠しようもありません。私も南町の同心も、鮫蔵が屋敷に出入りしているのを見ていますから。私が心配しているのは、すべてあなたの一存でしたこととして……」

「矢内さま」

松助は険しい表情で、

「確かに鮫蔵たちを屋敷に引き入れました。でも、押込み一味などとは想像もしていなかった」

と、弁解した。

「あなたが招いたのですか」

「そうだ。長屋の中間部屋が空いていたから。宿代は払うというので、近本の殿さまも承知した」

「鮫蔵たちとはどこで知り合ったのですか」

「声をかけられた。空いている中間部屋を探して、あちこちの屋敷に声をかけたようだ。たまたま、あっしが近本の殿様に話したら、宿代をもらえるなら構わないと」

「近本さまも寄宿させることに同意をしたと？」

「そうだ。だから、あの連中が押込み一味などとは思いもしていなかった」

「なるほど」

すでに、近本紋三郎と示し合わせたようだ。

「この屋敷内で、一味の哲次という男が殺されたと思いますが？」

「奴らのことは知らない」

「近本さまは旗本の大河内主水さまとは親しいのでしょうか」

「さあ、そんなことはわかりませんよ」

松助は冷笑を浮かべた。

「わかりました」

栄次郎は松助と別れた。

新八がどこからか出て来て近付いて来た。

「今の男です」

「わかりました」

新八は頷き、どこかに消えて行った。

栄次郎は永代橋に向かった。


それから半刻（一時間）後に、栄次郎は南茅場町《みなみかやばちょう》にある大番屋に行った。

ここには鮫蔵がしょっぴかれていて、ちょうど飯野朝太郎が鮫蔵を取り調べていた。

だが、朝太郎は手を焼いていた。

鮫蔵は何も喋ろうとしないようだった。

「往生際《おうじょうぎわ》が悪いぞ」

朝太郎が怒鳴った。

しかし、鮫蔵はしかめっ面で口を閉ざしていた。

「飯野さま」

栄次郎は声をかけた。

「私に質問させていただけませんか」

「矢内どのに？」

「はい。出しゃばった真似で申し訳ありませんが、確かめたいことがあるのです」

「わかりました」

朝太郎は場所を代わった。

「鮫蔵さん」

栄次郎は呼び掛け、

「一つ目弁天前の料理屋で、大河内主水さまの家来の昭島大次郎と会っていましたね」

鮫蔵の目が驚いたように動いた。

「どんな用だったのですか」

「…………」

「『和泉屋』に押し込む手筈を聞いたのではありませんか。すなわち、『和泉屋』の下男が四つ（午後十時）に裏口の戸を開けると」

「…………」

「黙っているところをみると、図星のようですね」

「なに」

はじめて鮫蔵が口を開いた。

「『近江屋』に押し込んだあと、間を置かずに『和泉屋』を狙ったのはどうしてですか」

「荒稼ぎをして、江戸を離れようとしたんですよ」

鮫蔵が答えた。

「昭島大次郎から『和泉屋』に押し入り、藤右衛門夫婦を殺すように頼まれたからではないのですか」

「…………」

「昭島大次郎は自分に疑いが向くことのない形で藤右衛門夫婦を抹殺したかったのです。いえ、昭島大次郎ではありません。大河内主水さまこそ、あなた方を動かした黒幕。いかがですか」

栄次郎は問いつめた。

「知らねえ」

「大河内さまをかばうのですか。かばったところで、あなたに益はありませんよ」

「…………」

鮫蔵は不貞腐《ふてくさ》れたように横を向いた。

「矢内どの」

朝太郎が口をはさんだ。

「大河内主水さまが黒幕とはどういうことですか」

「『和泉屋』の藤右衛門さんは大河内主水さまに総額で一千両を貸し付けているそうです。その返済期限が迫っているそうです」

「借金の返済を逃れるために、押込みを利用したということですか」

「そうだと思います」

栄次郎はさらに説明した。

「一月の末、藤右衛門さんは丑松という男に命を狙われました。私が間に合い、事なきを得ましたが、私は丑松の顔を脳裏に焼き付けました。想像ですが、昭島大次郎が丑松に依頼したのだと思います」

栄次郎は息継ぎをして続ける。

「殺しに失敗した丑松は浪人を使って私を襲いました。これも昭島大次郎の命令でしょう。しかし、それにも失敗した。丑松が捕まれば、自分の名が出るかもしれないと恐れ、昭島大次郎は丑松の口を封じました」

湯島の切通しで、暗闇から様子を窺っていたのも昭島大次郎であろう。

「丑松を使っての藤右衛門殺しに失敗したあと、昭島大次郎は鮫蔵と知り合ったのではないでしょうか」

そう言い、栄次郎は鮫蔵に顔を向けた。

「あなたが昭島大次郎と会ったのは誰の引き合わせですか」

「…………」

「この期《ご》に及んでも黙っているのですか。いいですか、あなたが喋らなければ、すべてあなたの責任とされますよ。今しきりに、あなたに一切の責任を押しつけて逃れようと画策しているはずです。現に、近本紋三郎さまの奉公人の松助は、あなたを盗賊だと知らずに屋敷に入れたと言っています」

栄次郎は強い口調になり、

「そうまでして、近本紋三郎さまや大河内主水さまを守ろうとする理由はなんですか。何か義理でもあるのですか」

と、迫った。

「そんなものねえ」

鮫蔵は吐き捨てた。

「では、なぜ？」

「ふん」

と、鮫蔵は横を向いた。

「なるほど」

栄次郎はひとりで頷いた。

「なんでえ」

鮫蔵が気になったようにきいた。

「あなたの意地ですか」

「………」

「お縄になっても、全面的に屈したわけではないという気持ちを示しているのですね」

栄次郎は察して言う。

「でも、近本さまや大河内さまはなんと見るでしょうね。あなたの意気地を称賛するでしょうか。確かに、あなたが黙していることで、お二方は大いに助かります。でも、あなたの思いを讃《たた》えるより、押込みに失敗したことを非難していることでしょう。もっと骨のある連中だと思っていたと嘆いているのではないでしょうか」

「…………」

「あなたが意地を通したって、誰も褒め讃えませんよ。それより、黒幕にうまく使われた情けない盗賊という……」

「黙れ」

鮫蔵が叫んだ。

「怒るところをみると、私の指摘が図星だったようですね」

「うむ」

鮫蔵は悔しそうに呻いた。

「それより、あなたが『近江屋』から盗んだ一千両はどこに隠してあるのですか。近本さまの屋敷のどこかなら、これで一千両は近本さまのものになってしまいますね」

鮫蔵ははっとしたように顔を上げた。

「あなたは死罪、おそらく獄門でしょう。困ったひとを助けるために何も喋らずに死んでいくなら英雄になれるかもしれない。しかし、あなたは黒幕に利用されたあげく、失敗したら自分たちだけが罪を背負う。猿霞のかしらの名が泣きませんか」

栄次郎は怒らせるように言う。

「あなた方を利用した者たちに鉄槌《てっつい》を加えたいと思いませんか。そもそも、あなたたちが捕まったのは『和泉屋』に押し込んだからです。すでに、我らは昭島大次郎の動きを摑んでいたからあなた方を待ち伏せ出来たのです。いってみれば、昭島大次郎の話に乗ったから自滅したのです。他人の言うことを聞かなければ、猿霞一味はもっと続いていたでしょうに」

「………」

鮫蔵はうなだれた。

肩が一瞬震え、顔を上げた。

「昭島大次郎に引き合わせたのは近本紋三郎だ。近本から昭島大次郎に手を貸してやってもらいたいと頼まれた」

「見返りは？」

「近本の屋敷を我らの江戸の定宿にしていいということだ」

「なぜ、近本さまはそこまでするのだ？」

朝太郎がやや興奮ぎみにきいた。

「お役に就きたいからだろう。大河内主水に恩を売ってお役を手に入れようとしたのだろう」

　鮫蔵は口許を歪めた。

「昭島大次郎の依頼は藤右衛門夫婦を殺すことですね」

「そうだ。もし、出来たら藤太郎という長男も殺せと」

「なんと」

　栄次郎は憤然とした。

「どうやって、『和泉屋』に侵入を？」

　朝太郎がきく。

「下男を手なずけてあると」

「金でか」

「そうみたいだ」

「益三」

　朝太郎は岡っ引きの益三を呼び、

「『和泉屋』の下男をしょっぴいて来るのだ」

　と、命じた。

「わかりやした」

益三は手下を連れて大番屋を飛び出した。

「一味の哲次を殺したのはあなたですね」

栄次郎はきいた。

「一味を脱けようとしたからだ」

「どこで殺したのですか」

「屋敷の中だ。船で浜町堀に運んだ」

「船は誰が手配を？」

「松助という中間だ」

「松助とはどういう間柄ですか」

「空いている中間部屋を探していて松助に声をかけたんだ」

「すぐに決まったのですか」

「宿代が効いたのだろう」

「松助はあなた方が盗賊だと知っていたのですか」

「中間部屋に住むようになってから、松助に盗人だろうと言われた。気づいていたから話に乗ったそうだ」

「やはり、松助は知っていたのですね」

「あの男はかなりの悪知恵の働く男だ。表向きは中間だが、俺たちを利用するように近本紋三郎に入れ知恵したのもあいつだ」

「渡り者だが、奉公先で自分の利益になるようにうまく立ち振る舞って生きてきた男だ。他人を利用して甘い汁を吸っているんだ。俺たちもあいつの口車に乗せられたようなものだ」

鮫蔵は自嘲ぎみに吐き捨てた。

「よく、話してくださいました」

栄次郎は会釈をして立ち上がった。

「頼みがある」

鮫蔵が訴えるように、

「伊佐治に伝えてもらいたいことがある」

「わかりました。どのようなことでしょうか」

「俺はおめえがうらやましかったと。俺だってほんとうはおめえのようになりたかったんだ。俺のぶんも仕合わせにとな」

「わかりました。必ず、伝えます」

「それから、もうひとつ。あの世に行ったら、嘉六のおかしらと哲次に詫びるつもりだと。許してくれるかどうかわからねえが」

鮫蔵ははかない笑みを浮かべた。

栄次郎は大番屋を出た。

五

栄次郎は茅町一丁目の『新田屋』に伊佐治を訪ねた。

すぐに伊佐治が出て来た。

「矢内さま。昨夜はありがとうございました」

「内儀さんは？」

「今、子どもといっしょに鳥越神社に行きました。最近のあっしの挙動がおかしいので神仏に祈っていたそうです。そこまであっしのことで思い悩んでいたとは知りませんでした。胸が痛みます」

「では、御礼参りですか」

「そうなります。どうぞ、お上がりください」

「まだ、やらなければならないことが残っていますので、すぐ引き上げます。じつは鮫蔵のことで」

「鮫蔵はどうしていますか」

「素直にすべてを話してくれました」

「そうですか。それはよかった」

「鮫蔵から、あなたに言伝《ことづ》てを頼まれました」

「鮫蔵が？」

「はい。そのまま、お伝えします。伊佐治に伝えてもらいたいことがある。俺はおめえがうらやましかったと。俺だってほんとうはおめえのようになりたかったんだ。俺のぶんも仕合わせにとな」

「そうですか。鮫蔵が……」

「それから、もうひとつ。あの世に行ったら、嘉六のおかしらと哲次に詫びるつもりだと。許してくれるかどうかわからねえが。以上です」

「昔はあっしと鮫蔵は実の兄弟のように仲がよかったんです。そうか、やっぱり、俺が一味を脱けたことが鮫蔵を変えちまったのか」

　伊佐治は深いため息をついた。

それから、栄次郎は浅草黒船町のお秋の家に行き、二階の部屋で新八を待った。

そろそろ夕七つ（午後四時）になる頃、お秋が呼びに来た。

「栄次郎さん。同心の飯野さまと岡っ引きの益三親分がお見えです」

「わかりました」

階下に行くと、飯野朝太郎と益三が渋い顔で待っていた。

「近本紋三郎の屋敷に行ったのですが、松助に逃げられました」

朝太郎が無念そうに言った。

「逃げられた？」

「はい、中間部屋は蛻《もぬけ》の殻《から》でした」

「これで、正体を現しましたね」

「でも、近本紋三郎に迫るためにも松助の証言が入り用で……」

益三が焦ったように言う。

「心配いりません」

「どうしてですか」

「あの屋敷には踏み込めませんが、屋敷の外に出たのなら捕まえることが出来ます」

「しかし、行方がわからないのでは」

朝太郎が訴えた。

「じつは新八さんに見張らせていました」

「新八？　ああ、あのときの男ですね。でも、ちゃんと行方を突き止めることが出来ましょうか」

「新八さんならだいじょうぶです」

「そうですか」

ふたりとも半信半疑の様子だったが、そこに戸が開いて、新八が土間に入って来た。

「栄次郎さん。松助は橋場《はしば》の女の家に行きました。今夜は、その家に泊まるそうです」

「では、行きましょう」

栄次郎は二階に戻り、刀を持って下りて来た。

それから四人は橋場に向かった。

四半刻（三十分）後、新八は真崎稲荷《まさきいなり》の近くにある黒板塀の家の前まで案内した。

「ここです」

「松助の女ですか」

栄次郎はきく。

「女は商家の旦那の妾《めかけ》のようです。女が今夜は旦那は来ないから泊まっていってもだいじょうぶと言ってました」

新八が庭に忍んで盗み聞きをしたのだ。

「辺りは暗くなってきましたが、どうしましょうか」

栄次郎は朝太郎にきいた。

万が一のとき、闇に紛れて逃げられる恐れがある。

「いえ、一日待てば何が起きるかわからない。応援を頼んで踏み込みましょう」

朝太郎は言ったが、

「ただ、鮫蔵の話だけなので、松助に言い逃れされてしまう恐れがある」

と、思案顔になった。

「私が松助に会ってみます。いろいろききたいことがあるので。飯野さまは格子戸の外で盗み聞きをしていてくださいませんか」

「わかりました」

朝太郎は応えてから、益三に向かい、

「自身番に行き、応援を頼んでくれ」

と、告げた。

「へい」

益三は町中に向かって走った。

「念のため、あっしは裏口を見張ります」

新八は裏手にまわった。

「では」

栄次郎は格子戸に向かった。

戸を開けて、奥に呼びかける。

うりざね顔の女が出て来た。

「矢内栄次郎と申します。松助さんをお呼び願いたいのですが」

声が聞こえたのか、松助が出て来た。

「これは驚きました。どうしてここが？」

松助は鋭い顔できいた。

「あとをつけさせました」

「用心したつもりだったが、まったく気づかなかった」

松助は渋い顔をした。

「鮫蔵が正直に話してくれました。あなたが、近本紋三郎さまに入れ知恵をして、丑松を大河内主水さまの家来昭島大次郎と引き合わせたそうですね」

「もともと、近本の殿さまから相談を受けたのだ。『和泉屋』の藤右衛門を殺せば、大河内主水さまがお役に就けてくれるからとな。それで、丑松を世話したのだ」

「丑松とはずっとつながっていたのですか」

「丑松は妙な男でね。近本家に奉公に上がった当初、庭で奥方を事故に見せかけて殺してから、ひとを殺すことに喜びを感じるようになった。だから、俺が殺しの依頼を聞きつけ、何度か丑松にやらせた。芝の職人殺しも麴町の商家の番頭の件も、俺が依頼を受け、丑松にやらせた」

「あなたが殺しの仲介役を?」

「そうだ。だから藤右衛門殺しに丑松を昭島さまに引き合わせた。だが、失敗した。矢内さま、あなたに邪魔をされたと、昭島さまは悔しがっていました。おかげで、丑松の口を封じなければならなくなったとね」

松助は乾いた声で笑った。

「近本さまからこれでは顔が立たないからなんとかしろと言われ、かねてから寄宿させていた鮫蔵一味を使うことを思いついたのです。押込みに殺されれば、背後にいる者に疑いはかかりませんからね。それに、夫婦ともに始末出来る」

「どうして、話してくれたのですか」

「どうしてでしょうね。矢内さまに私がやったことを教えたかったのかもしれません。誇示したかったのかも」

松助はまた笑った。

そのとき、格子戸が開いた。

「松助、全部聞かせてもらった」

朝太郎が踏み込んで来た。

だが、松助はあわてることはなかった。

「これは八丁堀の旦那ですか。今の話をお聞きで?」

「しっかと聞かせてもらった」

「どうでしたか。面白い作り話でしょう」

「作り話?」

朝太郎がきき返す。

「そうです。矢内さまが喜ぶような話を作ったのです」

「そうか。あなたは同心の旦那が来ていることに気づき、あえてほんとうのことを話した。それを嘘だということで、自分が関係ないことを訴えようとした」

「作り話ですよ」

「いえ、鮫蔵の話や周囲の状況からみて、真実を語っています」

「そんなふうに思われては困りましたね。あっしがやったという証はありますか」

「当事者でしか知り得ないことも話していました。丑松が藤右衛門殺しに失敗したのが私のせいだと誰から聞いたのですか」

「酒宴の場にいた昭島さまですよ」

「なぜ、昭島大次郎があなたにそのような話をするのですか。それに、丑松を殺したのが昭島大次郎だとどうして知っているのですか」

「…………」

「調子に乗りすぎたようですね」

外に、ひとの気配がした。益三が応援を呼んで来たのだ。

「松助、ちょっと来てもらおう。詳しい話は自身番で、いや、大番屋だ」

松助が逃げようとしたのを朝太郎が部屋に駆け上がり、押さえつけた。女の悲鳴が上がった。

栄次郎は外に出た。新八がやって来た。

「行きましょうか」

栄次郎は新八と並んで浅草黒船町のお秋の家に行った。ちょうど、崎田孫兵衛が来ていた。

今までの経過をすべて話した。

翌日、神田旅籠町の『和泉屋』に行き、客間で藤右衛門と会った。

「栄次郎さん、一度ならず二度までも、命を助けていただき、ありがとうございました」

「いえ、それより、大河内主水さまから何か言ってきましたか」

「それが……」

藤右衛門の表情が曇った。

「何か」

「昨夜、用人どのがここに参られ、すべて昭島大次郎が仕組んだことだと。殿のためと思い勝手に暴走したと」

「罪を昭島どのに押しつけたのですね」

栄次郎はこうなる恐れを抱いていた。

「で、昭島どのは？」

「自害して果てたそうです」

「…………」

栄次郎は言葉を失った。

「じつは、藤吉が見つかりました」

「大河内主水さまのお屋敷では？」

「ご存じでしたか」

「新八さんが藤吉さんに似ている若者がいるのを確かめていました。で、藤吉さんは大河内さまのお屋敷でなにを？」

「用人どのの話では剣術を習っているとか。武士になりたいそうです。それを知って、大河内さまが屋敷に引き取って面倒をみてくれていたそうです。私どもに知らせなかったのは藤吉の希望だからだそうです。一人前になるまでは知らせないでくれと」

栄次郎は大河内主水の真意がどこにあったかわからないが、藤右衛門は藤吉の面倒を見てきてくれたことで、大河内主水を信用しているようだった。

いずれにしろ、大河内主水が昭島大次郎を使っていたのだとしても、今後は一切不穏な振舞いに出ることはないだろう。

昭島大次郎が罪をひとりでかぶって死んでいってくれたことで、すべて丸く収まったといえるのかもしれない。

近本紋三郎の罪については、松助と鮫蔵の取調べ次第だ。それに、芝の職人と麴町の商家の番頭の件も松助の口を割らせることが出来るかどうか、同心の玉井重四郎の手腕が問われるだろう。

「では、私はこれで」

栄次郎は挨拶して腰を上げた。

「栄次郎さん、ゆっくりしていってくださいな」

藤右衛門はあわてて引き止める。

「いえ、きょうこそ、師匠のところに顔を出さないと破門にされてしまいます」

栄次郎は真顔で言う。

「私もすっかりお稽古を怠《なま》けてしまって」

藤右衛門も恥じらうように言い、

「師匠にお会いしたら、明日から真面目に通いますとお伝えください」

「わかりました。お伝えしておきます」

栄次郎は『和泉屋』を出て、春の陽射しを浴びながら元鳥越町の杵屋吉右衛門の家に急いだ。

時代小説

二見時代小説文庫

口封《くちふう》じ　栄次郎江戸暦《えいじろうえどごよみ》25

二〇二一年　二　月二十五日　初版発行

著者　小杉健治《こすぎけんじ》

発行所　株式会社　二見書房
〒一〇一-八四〇五
東京都千代田区神田三崎町二-一八-一一
電話　〇三-三五一五-二三一一［営業］
　　　〇三-三五一五-二三一三［編集］
振替　〇〇一七〇-四-二六三九

印刷　株式会社　堀内印刷所
製本　株式会社　村上製本所

ISBN978-4-576-21010-0

https://www.futami.co.jp/

森詠

北風侍《さむらい》 寒九郎 シリーズ

以下続刊

① 北風侍 寒九郎 津軽《つがる》宿命剣
② 秘剣 枯れ葉返し
③ 北帰行
④ 北の邪宗門
⑤ 木霊《こだま》燃ゆ
⑤ 狼神《ろうしん》の森

旗本武田家の門前に行き倒れがあった。まだ前髪も取れぬ侍姿の子ども。腹を空かせた薄汚い小僧は津軽藩士・鹿取真之助の一子、寒九郎と名乗り、叔母の早苗様にお目通りしたいという。父が切腹して果て、母も後を追ったので、津軽からひとり出てきたのだと。十万石の津軽藩で何が…？ 父母の死の真相に迫れるか!? こうして寒九郎の孤独の闘いが始まった…。

二見時代小説文庫